La banalidad de
los hombres crueles

La banalidad de los hombres crueles

Norma Lazo

Lumen

narrativa

La banalidad de los hombres crueles

Primera edición: enero, 2022

D. R. © 2022, Norma Lazo

D. R. © 2022, derechos de edición mundiales en lengua castellana:
Penguin Random House Grupo Editorial, S. A. de C. V.
Blvd. Miguel de Cervantes Saavedra núm. 301, 1er piso,
colonia Granada, alcaldía Miguel Hidalgo, C. P. 11520,
Ciudad de México

penguinlibros.com

ISBN: 978-607-380-903-0

Impreso en México – *Printed in Mexico*

...en esos tiempos tristes y olvidadizos, de miradas débiles, demasiado cortas, que se dirigen a las cosas, lejos de lo vivo, en el que no sabemos leer ni dejar irradiar los sentidos, en que tenemos frío y sopla un viento gélido alrededor de nuestras almas, alrededor de las palabras, alrededor de los momentos, nuestros oídos se congelan, los años tienen cuatro inviernos y nuestros oídos hibernan...

HÉLÈNE CIXOUS

¿Qué puedo hacer con este cuerpo mío irrepetible,
que me ha sido dado?
¿A quién, dime, debo agradecer,
por la apacible alegría de respirar y vivir?
Yo soy el jardinero y soy la flor,
En la mazmorra del mundo no estoy solo.
En la eternidad del cristal ya se ha esparcido
Mi aliento y mi calor.

OSIP MANDELSTAM

A los cariños de mi hermano mayor

Tokio. Invierno, 1971

El maestro Akimitsu Yoshikawa yace inerte en un charco de sangre en el baño de su mansión de Tokio. Enroscado como una galaxia que gira en sí misma hacia el centro oscuro del no retorno. Yo-shi-ka-wa es embrión, larva, un feto aferrado a las paredes del seno materno, único lugar donde alguna vez sintió resguardo, mientras muere piensa que no tuvo amor más incondicional que cuando fue aquel gusano adherido al capullo. A los sesenta años aún echa de menos a su madre.

Una ráfaga de escalofríos recorre el cuerpo de Yoshikawa. Imagina su muerte sin miedo. Acaso su estado de duermevela lo mece dentro del útero del caos que es la vida. Se maldice. Reniega de las últimas decisiones que lo enfilaron hacia el fracaso. La vergüenza punza más tras tantos años de haber sido un director de cine exitoso y laureado. Eso es la vida, se dice, una madre nutricia y vampírica que ama y odia, suplica y ordena, da y quita. No le importa morir. Teme más a la imagen zaherida que le devuelven los espejos.

Cercado en su propia sangre, Yoshikawa piensa en la sangre de Mishima, en su espectacular muerte. Hacía apenas un año el escritor llevaba a cabo su propio suicidio. En aquel momento, Yoshikawa no entendió la decisión de Mishima. Honraba las cualidades del *seppuku*, pero jamás se vio a sí mismo quitándose la vida, menos aún de manera ritual como samurái. Claro, aún no probaba el deshonor, ni había perdido la imagen que tenía de sí, eso que su reflejo repetía recursivamente. Un artista, un verdadero artista, alguien tocado con la facultad del orden y del caos, el propio útero de su imaginación.

A veces al maestro le dominaba el caos. Largos periodos de desorientación en los cuales, sin saber cómo, llegaba sin habérselo propuesto a tal o cual parte de Tokio. Aparecía en medio de un extenso pícnic bajo los cerezos del jardín botánico de Koishikawa. Reaccionaba de su pérdida de conciencia, al percibir las miradas curiosas de los visitantes. Algunos se acercaban a pedir un autógrafo en una agenda o una libreta de notas, él fingía haber llegado ahí por voluntad propia, para celebrar la llegada de la primavera al igual que los demás. Sonreía de manera mecánica sin apartar la mirada de los diferentes tonos rosas que delineaban el cielo.

En ocasiones la pérdida de conciencia era acompañada por exabruptos de ira o llanto, de horas enclaustrado por semanas en las cuales se pensaba inútil, sin valía, sin razones para vivir, víctima de tantos síntomas que ya ni asistía al médico por mero bochorno. Luego del caos aparecía el orden en forma de una historia a narrar. Volvía a modo de imágenes que lo encaraban otra vez a la vida. Entonces surgía la euforia, la importancia de sí, la imagen del artista, y se sentía útil, valioso, lleno de razones para existir.

El último brote de locura de Yoshikawa sucedió en medio del set de filmación. Arremetió contra los actores, quienes, a pesar de la vergüenza, estaban acostumbrados a los arrebatos del maestro. Sabían que, una vez franqueada la agresión, llenaría sus camerinos con flores y pasaría en persona a disculparse. Sumimasen deshita, diría al alinear los brazos a su costado e inclinar la cabeza en señal de arrepentimiento. Pero con los productores de sus películas no funcionaba igual. Estaban cansados de los dispendios presupuestales y de sus cambios de humor. Se enorgullecían del temperamento del genio, siempre y cuando éste no fuese dirigido hacia ellos ni causara pérdidas económicas. Durante esa misma filmación sacó a empellones a uno de sus mecenas.

—Ésta es la última película que le financiamos, maestro —le dijo con deferencia el señor Matsubara.

Semanas después del incidente, Yoshikawa visitó al productor para ofrecerle una disculpa y entregarle un regalo en muestra de remordimiento. Matsubara se negó a recibirlo.

—Debe haber un error, señorita, avísele que se trata de Akimitsu Yoshikawa.

—Sé quién es usted, maestro —respondió la recepcionista al inclinarse en una reverencia de respeto—, pero no puedo dejarlo pasar. Son órdenes del señor Matsubara.

—Se meterá en problemas —amenazó Yoshikawa sin dejar de agitar el dedo índice.

—Lo siento, maestro —respondió la recepcionista mientras bajaba la cabeza y hacía señas con la mano al personal de seguridad.

Yoshikawa ignoró tal desaire. Su nombre lo sustentaba. Él mismo podría costear su trabajo y convertirse en su propia casa productora. Así, invitó a otros colegas y amigos a unirse a su gran aventura. Juntos fundarían una empresa sin directrices de mecenas ni compromisos de recuperación. Bautizó a la empresa con el nombre de un cuadro de Hokusai, *La gran ola*. La primera película a producir sería la del propio Yoshikawa, *Canción del comienzo*. Una épica sobre la inocencia infantil en los barrios bajos de Tokio. Todos los miembros de la compañía pusieron sus ahorros para la producción. Sin embargo, la película no gustó a nadie, ni al público o a la crítica, y las notas de periódicos apuntaron hacia el declive del cineasta más importante de Japón.

Cuando Akimitsu Yoshikawa se vio al espejo esta mañana, sólo pudo ver a un hombre arruinado. Al tipo que defraudó y llevó a la quiebra a sus amigos. Al director de cine que había realizado, a decir de muchos con toda malicia, la peor película de las últimas décadas. Y pese a no tener el coraje de Mishima ni su arraigo por las tradiciones japonesas, Yoshikawa creyó que el suicidio sería la única forma de salvar su honor. Se cortó la garganta dos veces, y cuatro, las muñecas. Cerró los ojos al recostarse en posición fetal sobre el mármol frío del baño, en espera de que la muerte lo tragase por completo, como hacen los agujeros negros con las galaxias para jamás regresarlas.

Vladivostok. Invierno, 1938

Ekaterina mira un pedazo de cielo desde el vano de la celda. Recuerda el paisaje de esa época del año. Los faldones lechosos de las montañas extendidos hasta la puerta de su casa, la nieve acumulada en los marcos de las ventanas, el hielo duro y resbaladizo formado a la orilla de las cercas. Cierra los ojos para recordar el rostro sonriente de Nastia, su hija, y sus pies pequeños y torpes trastabillando mientras corre por el desnivel del suelo. Casi puede escuchar su risa, cascabel de plata, trino de golondrinas, música que sólo ella tararea. Ekaterina parece olvidar que Nastia ya tiene dieciséis años y con la edad se volvió tímida y seria.

Ekaterina asoma la nariz entre los barrotes de la ventana. Recibe la caricia gélida de diciembre. Aspira la mañana. Saborea el clima pese a tiritar de frío y enredarse consigo misma en un abrazo huérfano. No se ha percatado de que Dmitrii, el guardia, cubierto hasta la barbilla con un abrigo de piel de oveja, la mira de reojo. Ekaterina murmura un nombre, Alekséi, y abandona el semblante nostálgico del vano. Se hace ovillo sobre el angosto catre de metal que apenas da cabida a su cadera.

Se duele sin llorar. Los días en prisión han mutado del temor a la entereza, de la desesperación a la confianza, del desasosiego a la serenidad. Acepta su destino; no así Dmitrii, quien, antes de levantarse para ofrecerle su abrigo, la observa con afecto desde su lugar.

—Tómelo —dice Dmitrii con voz enérgica—, ya no lo necesito.

Ekaterina recibe el sobretodo con una sonrisa. Sabía que tarde o temprano se lo ofrecería, las atenciones de él son cotidianas. Guardia y reclusa rozan sus manos por descuido, ambas están heladas, Dmitrii finge no necesitar el abrigo.

—Temo que abusaré de usted —le advierte Ekaterina.

—Diga —responde Dmitrii en tono parco.

—¿Podría conseguirme papel y lápiz?

—A los presos no se les permite tener nada, usted ya sabe.

—Sí, lo sé, pero necesito un momento íntimo de desahogo.

—Veré qué puedo hacer —responde mientras cierra detrás suyo y desaparece del alcance de la reclusa.

Las pisadas de Dmitrii resuenan fuertes hasta disminuir por el pasillo. Aunque Ekaterina no ve otra cosa desde su celda salvo un pedazo de cielo, eso no le impide recordar los alrededores. Si la orientación no le falla la iglesia se ubica al este, del lado donde está el catre en el que duerme. Durante catorce años asistió a la misma iglesia con su esposo e hija. Caminaban tomados de la mano cuesta arriba, con la queja dibujada en los labios por las empinadas calles de Vladivostok. A veces se detenía a descansar del esfuerzo, si bien era pretexto para deleitar su vida. ¿Podría ser más feliz?, se inquiría al ver a su esposo jugar con Nastia a ser aviones de guerra, correteándose uno al otro con los brazos extendidos. Ekaterina odia la guerra, pero siendo esposa de un militar entendía la obligación de su marido e incluso la fascinación de su hija. El orgullo frente al uniforme verde de su padre, el capitán Alekséi Nikoláyev, ribeteado con botones dorados e investido con una medalla al cumplimiento del deber sobre el bolsillo de la camisa. Todo le significaba a Nastia que su padre era alguien importante.

El recuerdo de que su hija cumplirá años dentro de dos semanas trae a Ekaterina de regreso al presente. Sonríe ante su deseo inicial de reunir en casa a los familiares más cercanos y a la mejor amiga de su hija, Nadezhda. Sería una reunión pequeña y elegante con la vajilla de porcelana blanca, la única que conservaba completa. El número de invitados correspondería al número de sillas del comedor para evitar incomodidades. Cumpliría cada regla de etiqueta. Nastia recibiría flores y chocolates como en aniversarios anteriores, aunque ella misma, Ekaterina, se los comiera, pues su hija se empalaga rápidamente. Ahora no sabe qué hará Nastia en su cumpleaños, ni qué será de ella. Ekaterina ruega al cielo que su hija tenga un destino libre de sufrimiento.

No será así.

Meses después a la ejecución de Ekaterina hallarán a su hija culpable de espionaje, y la sentenciarán a quince años de trabajos forzados en el gulag. La timidez de Nastia se acendrará en dolor y amargura; su espalda estrecha y espigada se encorvará para siempre tras las pesadas cargas en la mina de Kolymá; su piel tersa y blanca, como pétalos de las madreselvas del Amur, terminará ajada por los rayos del sol, y parecerá ser veinte años mayor. Será testigo de la golpiza propinada a un viejo quien, conmovido por el rostro demacrado de ella, le ofrecerá un mendrugo. Nastia contemplará cadáveres apilados de presos y presas que intentaron huir. Las expresiones desencajadas y pétreas quedarán grabadas en su mente, recubiertas por el fondo lodoso de la memoria, y emergerán a cada tanto en sueños. Cumplirá quince años de sentencia, y regresará a vivir con Svetlana, la hermana menor de su padre, pero Nastia no volverá a ser la misma. Andará ausente por los pasillos de la casa, sin hablar por días y sumida en los meandros de su mente. Comerá poco sin dejar de pensar en los hambreados que quedaron en la mina. Sollozará por las noches sin ser escuchada, y ningún intento de su tía servirá para animarla, para enamorarla otra vez de la vida, de la humanidad. Cinco semanas después a su liberación, a la edad de treinta y dos años, la tía Svetlana hallará a Nastia colgada de una viga en la casa. Ekaterina nunca sabrá nada de esto. Mejor así.

Dmitrii avisa su regreso con el estrépito de las pisadas. Algunos guardias lo saludan con sospecha y sin perder el detalle de sus pasos. Es sabido que Dmitrii tenía particular aprecio por el capitán Nikoláyev, a quien veía no sólo como superior, sino como un ejemplo de carrera militar. No todos celebraron cuando en una ceremonia póstuma, tras ser declarado culpable de traición, le arrancaron los galones de capitán y la medalla al valor por su desempeño en la guerra de los bóxers.

—Aquí tiene lo que usted me pidió —dice Dmitrii a la reclusa confiado en que ya nadie mira.

Una hoja en blanco y un lápiz, cotidianos en los días de profesora de Ekaterina, se vuelven vitales durante el encierro. Recuerda una mañana en el instituto: el sol entrando por las ventanas del segundo piso, la pila de papel a la espera de nuevas disertaciones, los lápices formados en hilera con la punta recién afilada, ella ensimismada en una danza de planos y mapas. Ekaterina dobla la hoja que le dio Dmitrii en dos mitades para cortarlas con el metal del catre, en una escribe una confesión falsa donde acepta haber espiado para los japoneses, haciendo énfasis en que su hija nada tuvo que ver, y la otra mitad la guarda en el abrigo de Dmitrii para escribir más tarde.

—No puedo entregar esto —dice Dmitrii después de leer la confesión.

—Yo, sí.

—No sabe lo que hace.

—Sí lo sé.

—No puedo complacerla con esta petición.

—Por favor, déselo al agente Lébedev.

—Es inútil confesar lo que no hizo.

—Firmaré lo que sea si promete dejar en paz a mi hija.

—No lo hará.

—¿Usted cómo lo sabe?

—Lo sé.

—Al menos debo intentarlo.

—Conoce el castigo.

—Sí, y no me importa.

—¿Está dispuesta, a pesar de su inocencia y la del capitán?

—Absolutamente.

—No lo haga.

—Tengo que hacerlo.

—Perdone mi rudeza, pero con o sin su confesión usted será declarada culpable, con y sin su confesión el agente Lébedev perseguirá a su hija.

—¿Cómo puede decirme eso? Sabe que no temo por mí, sino por ella.

—No le dé la satisfacción. No manche su nombre ni el del capitán.

—¿Y mi hija?

—Si Nastia no se va de Vladivostok la juzgarán sin importar lo que usted confiese. El agente se la tiene jurada a las dos, a quienquiera que haya ayudado a salvar los diarios de viaje y el manuscrito de *El nómada*. Lébedev está decidido a borrar toda huella del capitán de la faz de Rusia. Convenza a Nastia de ir a Moscú, allá sería intocable. Yo mismo me encargaré de que la lleve alguien digno de confianza.

—He intentado disuadirla, pero dice que no se irá hasta salvar de la hoguera todos los libros y documentos de su padre.

—Si la arrestan, ya nada podré hacer.

Ekaterina regresa al catre. Intenta dormir. Desde su detención, un año atrás, no logra hacerlo de corrido. En las celdas de siete metros cuadrados los soldados hacinan hasta cuarenta mujeres. La mazmorra actual donde Ekaterina espera el juicio es un palacete de dos metros para ella sola. Hacía un año que no disfrutaba tanta paz.

Ekaterina cierra los ojos a ratos, cabecea mientras pierde la noción del tiempo, sin saber si duerme realmente. Es duermevela, el estado de descanso y alerta al que se acostumbró allí. Al igual que cada noche, antes de arrebujarse la cobija entre los pechos, se repite quién es, dónde está y que no será olvidada, pese a que su cuerpo se amontone en una fosa común sobre otros cuerpos sin nombre.

Durante su arresto, Ekaterina no supo por qué era apresada. Nadie la interrogó o acusó de delito alguno, sólo la confinaron sin explicación a las celdas femeniles. Tiempo después Dmitrii le dijo que el capitán Nikoláyev fue enjuiciado a puerta cerrada y declarado culpable de haber espiado para los japoneses, y condenado a muerte aun después de muerto. El caso se construyó mientras el capitán agonizaba de neumonía a consecuencia de su última exploración a la taiga. Nada causaba mayor anhelo al agente Lébedev que presenciar la ejecución de quien consideraba su peor enemigo, pero la muerte por enfermedad del capitán le arrebató la única pasión que animaba su vida, la venganza.

Ekaterina consigue abandonarse al cansancio. Dormirá un rato, mientras lo hace su mente proyectará un soplo de memoria: hileras de lápices de colores con la punta recién afilada, una pila de páginas blancas bajo el pisapapeles y el sol derramado sobre planos y mapas del Lejano Oriente ruso, a través de las ventanas del segundo piso del Instituto Oriental de Vladivostok.

Vladivostok. Invierno, 2019

Takumi Kobayashi hace maletas con la premura que dictan las tragedias. Con las prisas olvida algo, pero no importa, quiere regresar a casa cuanto antes, Sachiko, su madre, telefoneó para avisarle que Kokoro, hermana mayor de Takumi, está en coma; la hallaron moribunda en una barranca del Estado de México. A partir de entonces él no puede llorar, sólo siente un cosquilleo bajo la piel que por más que rasca no cede.

Takumi baja del armario los regalos que había comprado para su familia, son pocos, con el trabajo de mesero apenas si alcanza a pagar gastos, el dinero de la beca es insuficiente. Estruja contra sí la matrioska que compró a Kokoro. Cuántas veces se burló Takumi de los turistas gringos que llevaban rebozos y sombreros de charro como recuerdos de su viaje a México. Sonríe al darse cuenta de que, al fin y al cabo, es igual a ellos, si hubiese ido a Egipto habría comprado una pirámide a escala y si hubiese visitado Holanda habrían sido unos zuecos. Mientras estrecha la muñeca de madera, lo inunda la tristeza. Se sienta al borde de la cama y mira por la ventana. No hay mucho que ver, su departamento es interior, la única vista es la fachada de otro departamento. Desde su llegada le incomodó esa pared gris y enmohecida, la oscuridad del cubo del edificio que se eleva ocho pisos por encima del suyo. En algún momento se prometió tapiar esa ventana, pero nunca puso cortinas y el paisaje de moho y concreto se volvió parte de sus días. Sin embargo, en invierno el panorama se invierte, los copos descienden blancos, ingrávidos y ausentes de la realidad. Eso fue lo primero que sedujo a Takumi de Vladivostok. La nieve. Los cercos dejados alrededor de coches, postes y bancas de los parques. Las torres y pináculos de la iglesia de la Madre de Dios escarchados de la brizna marmórea. La gente caminando deprisa recortada por un aura blanquecina. No te adaptarás al frío, le advirtió su madre, quien vivió hasta la adolescencia en el implacable invierno de Japón, pero Takumi sí se adaptó, es más, acaricia la idea de quedarse a vivir allí.

Takumi consigue llorar las lágrimas apretujadas en la antesala de lo menos probable, allí donde se cree que la tragedia sucede sólo en el territorio de los otros. Entonces se reprocha su empecinamiento en partir, la obcecación de estudiar en el extranjero, lejos de México, su país natal. De haberse quedado, nada le habría ocurrido a Kokoro, algo así se recrimina. El menor de los Kobayashi siempre tuvo miedo de perder a alguna de sus hermanas, Kokoro, la mayor, Haruna y Misaki, las de en medio. Demasiado apegado a ellas. Demasiado necesitado de sus mimos. Takumi esboza una sonrisa inesperada al darse cuenta de que extraña la inocencia del pequeño que fue y que la echa de menos tanto o más que a su padre, el ingeniero Naoto Kobayashi.

Desde la muerte de su padre, Takumi fue el único varón en casa. Solía mofarse de su madre y hermanas por disputarse su atención. Las cuatro lo consentían, sobre todo Sachiko, quien, endiosada con su hijo, canceló para sí toda vida romántica. Kokoro estaba al tanto de que el varón de la familia heredaría todo, incluso la responsabilidad de hacerse cargo de su madre mientras viviera y de sus hermanas hasta que se casaran. Demasiado deber para esos pequeños hombros, pensaba Kokoro. ¿A qué te quedas tú, que eres mi hermano menor, mi *otōto*?, le preguntaba cada que le sorprendía con la lista de pros y contras de vivir tan lejos. Tienes las zancadas más largas de la familia, no vuelas, pero qué tal brincas. ¡Vete saltando de aquí!

Takumi quería estudiar un posgrado en el extranjero. Lejos de esas mujeres que amaba y que a veces lo sacaban de quicio. Metidas en sus asuntos de novias como si tuvieran derecho a aprobar y desaprobar a la chica en turno. Haruna y Misaki, además, con el mal hábito de invitar a casa a amigas japonesas que, según ellas, eran buen partido. Por su parte, Sachiko hacía todo por casarlo con una muchacha de familia tradicional o con una *nisei*, japonesa de segunda generación al igual que sus hijos. ¡Oh, Takumi, mi niño, mi pequeño esposo!, murmuraba Sachiko. Padre, marido, hijo, confundidos en la cabeza de la mujer.

Takumi termina de hacer maletas. Se detiene unos minutos a pensar en los pendientes que encargará a la señora Volochkóva, la única persona del edificio con quien lleva una relación más allá de las buenas formas vecinales. Al mudarse allí, Volochkóva lo recibió con una sopa Ujá poco apetecible, que Takumi agradeció conmovido. Desde entonces la invita a tomar una taza de té por el placer de su compañía, también porque Volochkóva, debido a su edad, recuerda pasajes de las purgas que servían a Takumi en su investigación de posgrado: *El nómada, el relato histórico en la novela del capitán Alekséi Nikoláyev.*

Esa novela, *El nómada*, Takumi la leyó con su padre siendo niño. Se obsesionó tanto con el relato de amistad entre el capitán Nikoláyev y el indígena Aktanka, que quiso ser explorador y etnógrafo, sin tener claro qué era lo último. En *El nómada*, Nikólayev narra cómo se hace amigo del indígena durante la primera exploración del capitán al Ussuri. Y cómo, cuando Aktanka envejeció y empezó a perder la vista, Nikoláyev le ofreció su casa para pasar los años de vejez que le quedaban. Takumi niño quería saber más de ellos, cuánto de lo que leyó en la novela y vio en la adaptación cinematográfica de Akimitsu Yoshikawa era cierto. Así selló su vocación. Estudiaría historia, y no ingeniería, como esperaban sus padres.

Takumi aplicó al posgrado en la Universidad Federal del Extremo Oriente con la investigación historiográfica sobre el Capitán Nikoláyev. Contactó al profesor Amir Khisamutdinov, quien lo asesoró en su solicitud de posgrado. A Amir le pareció exótico un mexicano interesado en una historia ajena y lejana, pero poco a poco, a través de sus encuentros digitales, se hicieron amigos, y Amir entendió la fascinación que tenía Takumi con esa historia. Desde su oficina en la universidad, Amir le prestó partes de su propia investigación y algunos capítulos de sus libros. Para suerte de Takumi, Amir era experto en historia de Rusia nororiental y en la familia Nikoláyev.

Desde niño Takumi prefirió la compañía de la gente mayor. Llegado a Rusia, él y Volochkóva se hicieron cercanos al poco tiempo de conocerse. Compartían los libros, las tardes y las mascotas de la anciana, dos gatos, Misha y Murka, que vivían en ambos departamentos. La anciana se volvió una madre amorosa que no asfixiaba a Takumi con demandas desmedidas de amor, como Sachiko, y Amir, una figura paterna con la cual identificarse.

—Le encargo todo, no sé cuándo voy a volver.

—No te preocupes por nada.

—No quiero pensar en lo que sufrió.

—Entonces, no pienses en ello.

—No tiene sentido.

—La crueldad nunca lo tiene.

—Pero quisiera entender.

—Muchacho, no hay nada que entender.

—Un trago amargo, ¿verdad, señora Volochkóva? —pregunta con la inocencia del niño—. Sólo eso, un trago amargo y luego todo volverá a ser como antes.

La anciana asiente sin decir palabra. Miente. Sabe que nada volverá a ser igual. Recuerda a su madre muerta en el gulag tras enfermar de pulmonía y a su padre ejecutado en el paredón. Después de eso nada fue lo mismo, y la señora Volochkóva pasó por varios cambios. La niña de grandes ilusiones se desvaneció para dar lugar a alguien recio, aunque también con la ternura de quien no reniega de la vida; tiempo después se volvió una joven rebelde, pero paciente, y con la serenidad necesaria para lidiar con lo impenetrable del ser humano; con el correr de los años se hizo una vieja de carácter impulsivo, mas con la entereza suficiente para no propagar crueldad alguna. Así es ella. Pese a todos sus recuerdos tristes, no ha vivido amargada o resentida, ni como alguien que busca sanar su dolor lastimando a otros. Algo cambió en ella, sí, pero no se volvió cruel.

—Todo pasa, muchacho, no olvides eso, todo pasa y esto también pasará.

Takumi la escucha sin quitar la atención del agujero en el piso. Se promete arreglar la madera cuando regrese. Ahora sí se encargará de las composturas que postergó, pondrá cortinas que cerrará a fin de no toparse con el muro gris cada mañana, mismas que abrirá durante el invierno, en espera de que las imágenes níveas colmen su mente.

—Abra las ventanas todos los días, señora Volochkóva, para que se oree un rato.

—Así lo haré.

—Por favor, esté pendiente de la correspondencia. Recibo cartas de Amir seguido, le gusta enviarme postales desde Hawái.

—Todos los días revisaré tu buzón.

—Deje entrar a Misha y Murka cuando quieran, seguro me echarán de menos, pasan mucho tiempo conmigo.

—Cuenta con ello, es más, vendré a leer un par de horas aquí y me los traeré conmigo.

—Sí, eso está bien, es tonto, pero me preocupa que me extrañen.

—No es tonto, Takumi, mis gatitos te tienen afecto.

—Adiós, señora Volochkóva.

—Adiós, muchacho, que todo salga bien.

Antes de salir, Takumi suelta las maletas para abrazar a su madre sustituta. Tras el arrebato se libera para irse sin mirar atrás. La anciana se queda a solas por unos minutos en el departamento. También lo echará en falta ella, no sólo sus gatos. Se asoma por el pasillo oscuro que conecta a los umbrales de las viviendas, y ve la silueta de Takumi desaparecer al igual que lo hace un espectro.

La señora Volochkóva inventa para sí misma mandados urgentes que hacer. Ir al centro a comprar víveres porque están a punto de acabarse; visitar a su hermana, a quien no ha visto desde Navidad; llevar a los gatos al veterinario, ya pasó un año de la última revisión; hacer su testamento, aunque tiene pocas posesiones, son suficientes para dejar su voluntad por escrito. Comprar tela, para confeccionar unas cortinas bonitas para la ventana que da al cubo en casa de Takumi, será una sorpresa a su regreso. La señora Volochkóva respira aliviada ante todos los pendientes, tantas cosas por hacer, cualquier asunto es mejor que pensar en el dolor de su joven amigo.

Tokio. Invierno, 1971

Yoshikawa continúa inconsciente en el mármol frío del baño. Su joven asistente, la señorita Hikari, llega antes del horario de entrada. Se arrellana en el estudio a esperar que el maestro baje, conoce su malhumor cuando es importunado. La señorita Hikari es puntual desde aquella primavera que no alcanzó el tranvía en la estación de Ōmagari. Yoshikawa robustecía la ira cada que el reloj anunciaba cinco minutos más de retraso. Para cuando su asistente apareció, el rostro del maestro se había transformado en un bocado de pan repujado, contraído, un bolo alimenticio prensado de tanto masticar.

Hikari se asustó tanto al ver un montón de carne arrugada y maldiciente, donde alguna vez estuvieron los ojos del maestro, que desde entonces toma previsiones en aras de la serenidad y el respeto al tiempo ajeno. Ahora Hikari arriba al trabajo cincuenta minutos antes de la hora acordada, y no es molestia hacerlo, porque utiliza la biblioteca del maestro para uso personal. Yoshikawa a veces le sugiere qué leer. Antier puso en manos de Hikari *País de nieve*, de Yasunari Kawabata, al hacerlo ella lo rozó con una caricia imperceptible en apariencia accidental.

Algunos conocidos del matrimonio Yoshikawa no ven con buenos ojos la cercanía entre director y asistente. Desconocen la relación de mentor y discípula, los dos han aprendido a mostrarse afecto con la distancia requerida entre un hombre mayor y casado y una jovencita soltera e hija de familia.

Hikari se apoltrona para continuar la lectura, su única queja es la delgadez de la novela, se la está terminando rápido. No sabe que un piso arriba el maestro agoniza en el charco de su sangre, desmayado, ajeno a su alrededor, pero con el mundo del inconsciente despierto y en marcha. Allí, Yoshikawa es otra vez niño, y de la mano de su hermano mayor, Toshirō, atestigua la devastación del terremoto de Kantō.

Hace muchos años que Toshirō murió, sí, el maestro lo halló sin vida en la buhardilla de Tokio, pero en su inconsciente, en este momento, está vivo y parado a su lado. Ambos contemplan las joyerías y las tiendas más lujosas de perlas y sedas de Japón convertidas en paraje yermo en el centro de Yokohama. También las casas de té, los teatros y los cinematógrafos, a los cuales Toshirō acudía sin permiso, transformados ahora en un desierto rojo de escombros y muros negros. Calles y esquinas desfiguradas por el cementerio de cuerpos pétreos con los brazos alzados al cielo, sin entender el porqué de su desgracia. De nada le sirvió al pequeño maestro cerrar los ojos para dejar de ver los cadáveres flotando río abajo. Todas las imágenes se hicieron indelebles en su memoria y surgen en sueños como si el terremoto hubiese sucedido ayer. A la cabeza de esos recuerdos está la efigie ennegrecida e inmóvil de un monje que medita en posición de loto, suspendido sobre el templo de Hachiman, ése al que Yoshikawa pasaba a mostrar sus respetos cuando niño.

El pequeño maestro no entiende el escenario onírico en el que está perdido. Celebra los navíos convertidos en antorchas flotantes y los tornados de fuego que giran incendiando todo a su paso. Toshirō no es ajeno a la devastación de los remolinos, ni a los centenares de cadáveres amontonados en las calles de Yokohama, pero sabe que están en el inconsciente de su hermano menor, y ninguno corre peligro.

—¿Perdido en tus sueños, Akimitsu? —pregunta Toshirō, sin quitar la vista de las bolas de fuego lanzadas por el torbellino.

—Menos perdido en ellos.

—Mas no eres tú quien poda las flores ni deja huellas en la estela de los pensamientos —insiste Toshirō.

—Soy yo, mi querido hermano mayor, mi *Onii-san*, el mismo Akimitsu Yoshikawa, repetido tantas veces que ya parece otros.

—Mírate ahora, pequeño Akimitsu, el menor de los Yoshikawa, hoy llamado maestro, eres un niño perdido en el laberinto de su imaginación.

—No hay niño, no hay hombre, no hay maestro. Sólo vórtices en los tornados de fuego donde todo gira sin control, donde la vida es su propio caos y su propia estructura.

—Lejos estoy de la vida.

—Cerca estás de mí, hermano mayor, mi *Onii-san*.

—En tu corazón permanece la huella de mi afecto.

—¿A quién dar gracias por haber sido el más atento de tus discípulos, el más amoroso de tus afectos?

—¿A quién agradeceré yo este cuerpo mío que me fue dado, este cuerpo disuelto que muchas veces te llevó de la mano a tantos lugares? —pregunta Toshirō.

—En la eternidad del viento se esparcieron tus huesos, tu aliento, tu carne, tus cariños de hermano mayor —responde el pequeño Yoshikawa.

—Pero tú no estás lejos aún, Akimitsu. ¡Despierta! —dice Toshirō con fuerza al mismo tiempo que da una palmada violenta cerca del rostro de su hermano.

La señorita Hikari no se ha percatado de la hora. Embebida en *País de nieve* ignora los minutos de retraso del maestro, algo insólito en él. La asistente ha leído tres veces el párrafo en el cual Shimamura viaja en el vagón de tren y observa a una mujer en el reflejo de la ventana. Nunca lo ha dicho en voz alta, pero desearía ser contemplada de esa forma por el maestro, quien sí la ve así, mientras ella lee sin darse cuenta de que la observa.

Erguida sobre el diván donde acostumbra leer, Hikari revisa el reloj mientras piensa que el retraso de Yoshikawa es algo trivial. Es igualmente rutinario que impredecible, se dice. Duda si subir o no a la recámara principal. A veces lo ha hecho por encargo del maestro cuando la manda a buscar tal o cual cosa. ¿Y si la preocupación es un buen pretexto para subir? ¿Para tomarlo desprevenido al salir de la regadera con una bata mal atada a la cintura? Ella fingiría sorpresa y timidez ante su indiscreción, pero tendría la argucia para estar allí en una situación sugerente, propiciatoria de algo íntimo. Sabe que está solo. La señorita fue testigo de la separación del matrimonio, de la partida de la señora Yoshikawa con una maleta en cada mano y el rímel corrido por el llanto.

Hikari duda de la intromisión que está a punto de cometer, pero si lo medita más terminará inmóvil por enésima vez, y con el deseo reprimido en el apretar de dientes cada que duerme.

Así que decide subir las escaleras con la certeza que tienen los católicos de recibir a Dios en una oblea.

—Maestro Yoshikawa —le llama casi en un murmullo mientras toca quedo a la puerta —, maestro Yoshikawa —insiste con voz más alta y el puño firme.

Ninguna voz responde. No la de él, tampoco la de alguna actriz con las que esté saliendo o en pleno romance.

—Maestro Yoshikawa —dice con las piernas hormigueándole—, maestro Yoshikawa, ¿se le ofrece algo?

Hikari abre para asomar la nariz. Ante ella se extiende el cuarto sin vida, oscurecido por las pesadas cortinas que impiden el mínimo paso de luz. Apenas si el reflejo del sol enmarca la tela púrpura. Camina a trompicones hacia la ventana para recorrer las cortinas, y descubre la cama vacía, sin hacer. Su preocupación se vuelve genuina. Corre a la puerta del baño, y toca fuertemente con ambos puños, empuja, trata de abrir, pero la puerta está trabada con seguro.

—¡Maestro Yoshikawa —grita mientras tira de la puerta varias veces—, maestro Yoshikawa!

En el baño, ajeno al drama de Hikari, el pequeño maestro emprende un viaje todavía más largo. Baja a la región abisal de la memoria, en la que se sumerge en sueños sin saberlo, allí donde las palabras ya no son palabras, sino impulsos. Hacía tanto tiempo que Toshirō partió. ¿Será momento de que lo haga el maestro?

—¡Maestro! ¡Maestro Yoshikawa! ¡¿Está usted bien?!

Dice el filósofo que lo que el niño no olvida el viejo lo recuerda, susurra Toshirō al oído de su hermano menor. Yoshikawa, todavía niño, entiende lo que su hermano quiere decirle.

Se abraza a él con fuerza para no dejarlo partir otra vez. En ese momento el niño Yoshikawa, ahora vestido con la ropa de *kendō* y con los suecos puestos con calcetines, tal como lo prohibía su padre, Heigo *sensei*, evoca con la lucidez del viejo que es hoy, el gran amor que sentía por su hermano mayor. Enseguida, Toshirō suelta al pequeño maestro para dejarse arrastrar por el vórtice del torbellino de fuego. En la eternidad del viento se esparcirán tus huesos, tu hálito, tu carne, tus cariños de hermano menor, dice Toshirō sin despegar los labios mientras se aleja.

Vladivostok. Invierno, 1938

Ekaterina despierta sin reconocer el lugar, aún no espabila del todo, desde el catre distingue la pequeña ventana de su celda. Recuerda dónde está y por qué. No tiene ánimo de levantarse. Los días transcurren idénticos, sin cambio, lunes, miércoles, domingo, da igual, en el encierro; tras las vallas interminables de madera podrida, contar el tiempo pierde sentido. Amanece, llega la tarde y anochece sin saber cuál será su destino o el de su hija. Un sofoco obliga a Ekaterina a levantarse del catre y alejar el abrigo de Dmitrii. ¿Fiebre?, se dice al poner el dorso de su mano contra la mejilla. Para ser invierno siente un brío inusual. Quiere que todo termine, culpable o inocente le da lo mismo, la tortura es no saber.

Al fondo del pasillo resuenan las botas de un soldado. Ekaterina se recarga en la reja para escuchar con atención. No es Dmitrii. Aprendió a reconocer sus pisadas: firmes y seguras mas no ufanas. A veces, Ekaterina se da el lujo de adivinar el estado de ánimo del guardia por cómo camina. Cuando no apisona el talón con la decisión acostumbrada, quiere decir que está de capa caída, que tuvo algún problema en casa o se enteró de alguna atrocidad cometida por los soldados. Si pisa taconeando con exageración, significa que ese día despertó sintiéndose digno y merecedor del respeto que inspira su uniforme.

Ekaterina extrae del abrigo lo que resta del papel y el lápiz. Enmudece ante la hoja en blanco. No sabe qué decir ni cómo decirlo sin que las palabras minimicen su tragedia. La tristeza que siente es imposible de imaginar por los militares burlones que hacen rondines cuando Dmitrii descansa. El dolor de Ekaterina es una peña empinada más elevada que cualquier colina de Vladivostok, más grande que la montaña más alta del Cáucaso. Es una tristeza que crece cada que intenta expulsarla en palabras, y que nunca consigue fragmentar en pequeñas rocas-vocablos para reducir su peso y dimensión. Sin embargo, sólo transformando el dolor en palabras, trasvasado al carboncillo del lápiz o a la punta de la lengua, podrá desmoronar su equilátera estructura.

—Esta tarde será su juicio —le informa el capitán Serkin a Ekaterina.

—Está bien —responde sin énfasis.

—¿Quiere confesar?

—No, capitán, no tengo nada que confesar.

—Piénselo bien. En el juicio se dirimirá su situación y si la absolverán o no.

—Eso espero, capitán, para eso son los juicios.

—Una escuadrilla vendrá por usted más tarde.

Las piernas de Ekaterina tiemblan igual que las ramas de un árbol zarandeado por el viento. Frágiles y enraizadas. Se mantiene de pie aferrada a un barrote de la celda. Recuerda el abrazo firme de Alekséi, quien la sostiene al dar el primer paso, después de dar a luz a Nastia. Ekaterina casi escucha la voz grave de Alekséi diciendo, deja que yo cargue a nuestra hija. La imagen de Nastia recién nacida se le presenta a Ekaterina como si el parto hubiese sucedido ayer, como si el pasado estuviese allí mismo confundido con el presente. Entre las imágenes superpuestas de su memoria, Nastia recién nacida, Alekséi enternecido por la fragilidad de su hija, las piernas de Ekaterina a punto de doblarse por la labor de parto, aparece el rostro afable de Dmitrii. Ekaterina esboza una sonrisa, y se encamina al catre en busca del papel en blanco, es tiempo de fragmentar la montaña.

Vladivostok. Invierno, 2019

Takumi espera en la fila para documentar equipaje, mientras lo hace busca en su celular noticias sobre Kokoro. En algunos sitios de nota roja aluden a una mujer de apellido Kobayashi, patronímico poco común en México. Takumi recuerda a su país natal y la urgencia que sentía de salir de allí. Piensa en la Ciudad de México sitiada por hileras de montañas indiferentes, en el clima cambiante, en los cuerpos curtidos por el calor seco y el aliento gélido de la madrugada. Recuerda las nubes como si fueran algodones sucios, lo opresiva, siniestra y ajena que le parece su propia tierra. Indiferente a la procesión interminable de muertos y desaparecidos, de fantasmas grises que deambulan al lado de los vivos, que continúan con el serpenteo de sus vidas. Takumi no tenía previsto regresar tan pronto. Estaba organizando la visita de su madre y hermanas a Vladivostok, para luego viajar a Tokio a visitar a los abuelos. Esos eran los planes, ahora tiene que volver.

Cuando Takumi vivía en México no podía alejar de su mente la violencia. Veía a los desaparecidos de las noticias a la entrada de sus casas, en las esquinas de las calles, reflejados en los aparadores de las plazas comerciales, en los parabrisas de los coches, en los charcos de agua estancada. Los veía amoratados. En descomposición. Apilados unos sobre otros en tumbas al ras del suelo, mutilados, desmembrados, irreconocibles. Despojados de sus nombres aunque sus querencias no dejaran de nombrarlos. Takumi pensaba en la procedencia de esos cuerpos, de esos espectros, y venían a su mente las casas maltrechas de la periferia, los poblados de provincia, las migraciones que huían de un horror para llegar a otro. En su cabeza recreaba el día en el que fueron levantados, la pobreza que los hizo más vulnerables, las últimas palabras que escucharon antes de morir, la indiferencia del verdugo ante su tormento, la mirada de desprecio de quien los torturaba y dejaba allí, solos, sufrientes, agónicos, enfrentados a lo peor que un ser humano puede hacerle a otro.

Takumi inhala hondo, sabe qué hacer cuando su mente divaga así; jala y suelta varias veces la pulsera elástica que le hizo Kokoro, luego repite dónde está y describe el lugar. Estoy en el aeropuerto de Vladivostok, se dice. Cuenta los mostradores para documentar equipaje y observa las maletas de otros pasajeros. Se fija en sus tamaños, formas y colores. Hay veinte personas delante de él. Takumi trata de aferrarse a la imagen de Kokoro viva, respirando, con la segunda oportunidad batiendo sus alas. Aferrada a la vida, a sus afectos, a sus huellas. La imagina entubada al respirador artificial, volviendo en sí, desesperada por el tubo metido en su garganta, luchando con las enfermeras que ayudan a desentubarla. Entonces Takumi evoca el orgullo que sintió por su hermana mayor cuando se tituló de ingeniera civil, y se hizo cargo del negocio de su padre.

Tú vete de aquí, *Taku-chan*, mi pequeño hermano, este país devora a sus jóvenes, mejor vete saltando de aquí.

Takumi lee una vez más su apellido en el encabezado de la web, y recuerda las palabras de su madre, pase lo que pase no leas los periódicos, pase lo que pase no mires las fotografías. Takumi apaga el celular. Vuelve al ejercicio de la presencia, de estar presente, de calmar la divagación de pensamientos y escenarios. Delante de él hay varios pasajeros que viajan con exceso de equipaje. Pesar maletas en la báscula y discutir sobre el cargo extra demora el movimiento. Takumi arrastra su maleta mientras piensa en lo poco que se ha acostumbrado a los aeropuertos, a las manos levantadas que se agitan de un lado a otro, a los adioses interminables, al llanto atragantado por el temor de no volver a ver a la persona que desaparece tras la puerta de abordaje. Todo esto forma un vacío en su estómago que se expande dentro de sí como un globo de helio. Si Takumi soltara la maleta podría desprenderse del piso, y quedar suspendido observando su vida como si fuese la vida de otro, mirándose desde la lejanía entretanto se aleja de la tormenta que viene. Takumi ignora su supuesta ingravidez. Cierra los ojos para descansar de la luminosidad del techo. No lo sabe aún, pero en la oscuridad interior acecha una imagen olvidada, una fotografía que vio en la biblioteca de su padre cuando Takumi tenía nueve años. Ahora percibe la amenaza de ese recuerdo mezclado con lo ocurrido a su hermana. Se trata de una imagen que debería seguir enterrada en el cieno del inconsciente y que, sin esperarlo, emerge. Takumi echa de menos las lámparas que hacía un minuto le hostigaban. No sólo las luces del aeropuerto, sino también el ruido de fondo que parecía haberse desvanecido. Risas, discusiones, reclamos, bienvenidas, incluso, el rechinar de ruedas desvencijadas de maletas arrastradas sin miramientos.

Takumi tenía nueve años cuando se metió a hurtadillas a la biblioteca de su padre, lugar prohibido al que sólo podían entrar si él los acompañaba. Todo lo que había dentro de esa habitación, los libros viejos de pasta gruesa, el escritorio antiguo comprado en la Lagunilla, el globo terráqueo del siglo XVIII traído de España, le hablaba a Takumi de un mundo perdido.

—¿Existe la máquina del tiempo? —le preguntó Takumi a su padre después de ver la película de George Pal.

—Sí, son muchas y están acomodadas en aquel lugar —respondió su padre al señalar el librero más grande del estudio, donde apilaba los libros de historia.

Cuando el ingeniero Kobayashi tomaba un receso del trabajo, dejaba entrar a sus hijos a jugar con el globo terráqueo. Los niños peleaban por hacerlo girar y rozar con los dedos la simulación de ríos, montañas y mares. En lo que discutían sobre a quién tocaba turno, el ingeniero se recostaba a leer en un diván tan anticuado como todo en ese lugar. Takumi perdía turno tras turno en el juego de girar el globo terráqueo, pero así sucedía con cualquier cosa que jugaran. Sus hermanas siempre se aprovechaban del pequeño, que se arrinconaba contra la pared con un puchero como vestíbulo del llanto. Takumi abandonó a sus hermanas y fue a refugiarse con su padre.

—¿Qué lees? —le preguntó asomado a las páginas del libro.

El ingeniero empujó al niño en un reflejo, algo extraño en él. Naoto Kobayashi no era violento, ni siquiera acostumbraba alzar la voz. Su familia sólo sabía que estaba preocupado o tenía algún problema en el trabajo, si se quedaba fumando largo rato afuera de la casa e ignoraba sus llamados. En esos momentos en que el pequeño jardín se convertía en el Bosque Turgal de Alicia, nadie se acercaba al ingeniero, y esperaban con paciencia a que hallara la madriguera del conejo de regreso a casa.

—Pesas mucho. Ya no te puedo cargar —dijo el ingeniero a su hijo mientras lo abrazaba. Takumi siguió llorando sin ver a su padre a la cara.

—Perdóname, hijito —insistió—, no quise asustarte, pero muchos de los libros que hay aquí son para adultos. No quiero que veas algo que vaya a impresionarte.

—Me empujaste muy feo.

—Ya, Takumi, ya —dijo el padre en un intento por calmarlo—. No quise hacerlo. Me tomaste desprevenido, entiende que hay cosas que todavía no necesitas saber.

—Pensé que ibas a pegarme.

—¿Y eso? Si nunca lo he hecho. Sé que tienes sentimiento, pero no inventes esas cosas.

—Parecías muy enojado.

—Porque no quiero que veas lo que hay ahí, al menos no todavía.

—Era una foto, ¿verdad?

—Nada que un niño de tu edad entienda.

—Pero quiero saber.

—Ya tendrás edad para hacerlo.

Naoto Kobayashi retiró a Takumi de sus brazos para mirarlo a la cara y asegurarse de que prestaría atención.

—Prométeme que no entrarás a la biblioteca si yo no estoy.

Takumi observó a su padre sin responder.

—Te estoy hablando.

El niño guardó silencio, sin dejar de ver su reflejo en los ojos entrecerrados de su padre.

—Prométemelo, Takumi.

—Lo prometo, *Otō-san* —dijo por fin.

—Prométeme que pase lo que pase no mirarás esa fotografía.

—Lo prometo, *Otō-san*.

—Anda, ve a ponerte los zapatos y espérame en el coche. Te has ganado un helado.

Takumi corrió hasta la puerta sin hacer ruido, en esa casa nadie usaba zapatos. Flotaban igual que ánimas. El ingeniero Kobayashi guardó el libro en lo más alto del mueble, allí donde el niño no pudiera verlo ni alcanzarlo. No se dio cuenta de que, antes de salir de la biblioteca, Takumi se detuvo a memorizar las coordenadas del escondite. Había decidido faltar a su promesa.

Tokio. Invierno, 1971

Yoshikawa niño escucha las últimas palabras de Toshirō. La espiral del tornado de fuego gira arrastrando al pequeño maestro hacia el centro. Rota una y otra vez. Cada vuelco es un año de su vida, cada vuelta, un pedazo de su historia. Las facciones de Yoshikawa cambian y maduran con la rapidez que el vórtice gira.

Ya no es el niño asido a la mano de Toshirō que miraba con horror la devastación del terremoto de Kantō, ahora es un chico desgarbado y tímido que está enamorado de una compañera de escuela. Demasiado extraño para gustarle a las jovencitas de la secundaria, aunque lo suficiente para atraer la atención de sus profesores.

Ahora el púber se convierte en un muchacho malhumorado oculto tras unas gafas oscuras de pasta negra, con las que devuelve arrogancia a la indiferencia femenina. Se comporta como un náufrago sin isla a quien no importa morir ahogado lejos de la playa. Para el adolescente Yoshikawa la piel de cada cuerpo es una orilla, y las miradas de las mujeres, un puente colgante que tarde o temprano se rompe de algún lado del anclaje.

Ese joven escuálido se transforma en un universitario recio y politizado que externa sus ideas sin temor a represalias y que asiste a reuniones a favor de la izquierda. También es el hombre en ciernes que se enamora por primera vez de una chica tímida y silenciosa, que apenas lo mira y parece estar muerta en vida, Natsuki Matsudaira.

Segundos más tarde el maestro tiene veintisiete años, la edad de Toshirō al morir, y es primer asistente del reconocido director Hiroshi Takahashi en los estudios Tōhō. Yoshikawa se convierte en un discípulo ávido por aprender todo de su mentor, a fin de olvidar cada enseñanza para ser él, Yoshikawa, su propio mito.

Unas vueltas más en el torbellino y Yoshikawa es ya un respetado director de cine. Su primera película, *El samurái a la cabeza del dragón*, lo convierte en el cineasta más prometedor de su generación. La crítica se deshace en elogios. No hay que perderlo de vista, dice uno. Una bocanada de aire fresco a la acartonada cinematografía japonesa, dice otro.

Momentos después a su debut, Yoshikawa es un esposo infiel, padre ausente, el afamado artista que se burla del joven de izquierda que fue. Un hombre insatisfecho, interesado más en su trabajo que en la vida familiar o social, y que se enreda con actrices debutantes en reclamo del deseo femenino que le fue negado en su adolescencia. Aún cree que la vida le debe algo.

El tornado de fuego continúa haciendo girar al maestro a la misma velocidad que atraviesa más pedazos de su vida. En este instante es un hombre maduro en la antesala de la vejez. Una leyenda viviente que recoge con hartazgo premio tras premio, y que lo único que desea es volver a su estudio a escribir y pensar, al set con el fin de dirigir.

El vórtice del tornado aprieta. A mayor aceleración el pasado y el presente suceden al mismo tiempo. Más pedazos de la historia del maestro pasan rápido, y se traslapan sin que pueda detenerse a observarlos. Nace con los ojos abiertos absorbiendo el mundo al cual llega. Da sus primeros pasos y hace preguntas antes de aprender a caminar. Crece sin dejar de ser el niño llorón de la clase. Madura mientras esconde aquel niño sensible de las burlas. Envejece juzgando su pasado con severidad. Muere serenamente aceptando su insignificancia en el engranaje del universo. Se convierte en polvo de estrellas succionado por un hoyo negro que lo arrastra a sus nubes, a sus gases, a su materia oscura. Pero el mencionado agujero negro rechaza al maestro. Hay algo en este hombre vencido por la vida que la centrifugación del universo desconoce.

El hoyo negro escupe lo que queda de Yo-shi-ka-wa sobre el piso del baño de su mansión en Tokio. Aturdido por el viaje apenas si puede abrir los ojos. Sus párpados son dos cortinas de hierro imposibles de levantar por el muelleo de los músculos. Mueve un dedo índice, en realidad cree moverlo, porque la falange permanece rígida. Parpadea sin despertar. Sus pestañas tratan de abrirse a la luz, pero el maestro se resiste al regreso de lo cotidiano, a la humillación diaria.

—Maestro… ya viene la ayuda —dice Hikari con la voz entrecortada.

El maestro escucha los golpes que apagan la voz de su asistente. Para él, los hachazos resuenan como un murmullo distante que se cuela entre los átomos de la madera y la porosidad de los muros. Aún flota en la plenamar del inconsciente y las vibraciones de los golpes se deslizan sobre la superficie de mármol.

—¡Maestro, resista! ¡Maestro que ya van a entrar! —insiste Hikari.

Los bomberos rompen la puerta. Dos paramédicos levantan al maestro para colocarlo sobre la camilla. Yoshikawa siente elevarse sin ayuda. Suspendido aún por las partículas de su propio polvo galáctico. Entonces, el fulgor de dos estrellas lo atrae anclándolo al mundo consciente, a la vida, al fracaso, a sus afectos vivos, a una nueva oportunidad. Son los ojos de la señorita Hikari que camina deprisa sujetada a la camilla. Por primera vez, Yoshikawa ya no mira a Hikari como Shimamura a la mujer del tren, una imagen perfecta e inasible, un reflejo en una ventana. Ahora la mira a ella, a sus ojos, a su ternura, a su piel, a su carne, a su mundo interior.

Vladivostok. Invierno, 1938

Ekaterina está al pie de la reja con la cabeza recargada en los barrotes. Intenta escuchar las pisadas de Dmitrii, de reconocerlas, pero nadie se acerca. El silencio recorre los pasillos de la prisión femenil de Vladivostok. Es la señal de que los militares planean entrar a las celdas a descargar su odio dentro de las internas. Ekaterina se acurruca en un rincón de la mazmorra. Tiembla de pensar en esto, de recordar a la reclusa estrangulada por un soldado mientras otro la violaba. No supo su nombre, llevaba apenas dos días detenida.

Viene a la mente de Ekaterina la mañana de su arresto hace más de un año. Lo confiada que estaba de quedar libre en unos días. La detuvieron un jueves en el que Nastia salió de madrugada al instituto. Llevaba semanas sacando a escondidas páginas de los manuscritos de su padre, para salvarlos de la hoguera. Ekaterina aún dormía cuando escuchó que tocaron a la puerta con la fuerza de quien quiere derribarla. Se asomó por la ventana de su recámara, y descubrió a cinco soldados con las pistolas desenfundadas y el rictus de encono succionándoles el alma. Ekaterina bajó preocupada y cerrándose la bata. Algo podría haberle sucedido a Nastia, pero al abrir, los cinco oficiales, que de algún modo eran sólo uno con diez ojos, diez brazos, diez piernas y cinco cabezas, se abalanzaron sobre ella.

—¡Queda usted detenida! —gritó el soldado de piel transparente y labios tan delgados que parecían una hebra de estambre.

—Dese la vuelta —dijo otro.

—No tiene ningún derecho —gritó Ekaterina dando un paso atrás. El guardia de labios delgados y piel transparente logró alcanzarla del cabello para arrastrarla hacia la salida. Entre los cinco la llevaron a empellones descalza y con los pies amoratados por el hielo. Apenas amanecía.

—Déjenla taparse —gritó su vecina. Un roble de mujer de manos anchas y abultadas, que se desprendió de su abrigo para cubrir a Ekaterina, que en el forcejeo se le había abierto la bata.

Ese día fue la primera violación.

Los rumores sobre el arresto de la viuda de Alekséi Nikoláyev iniciaron semanas atrás. Amigos y extraños hablaban en siseos como si hubiese cerca un enfermo terminal. Una amenaza se cernía sobre ellas, pero madre e hija se negaron a aceptarlo. Desoyeron al teniente Vasíliev, quien ya había intentado llevarlas a Jabárovsk para que tomaran el tren a Moscú. Nastia no dejaría Vladivostok sin los manuscritos de su padre y Ekaterina pensaba que, muerto el capitán, el agente Lébedev las dejaría en paz. La tarde del arresto de Ekaterina, Vasíliev regresó decidido a convencerlas, a obligarlas, de ser necesario, a huir. Pero no halló a nadie. Sólo las luces de la casa encendidas pese a que el sol ya iluminaba las calles.

El silencio en los pasillos de las celdas es roto por los gritos de una reclusa. Se mezclan con voces y risas masculinas.

Ekaterina no entiende lo que dicen, pero sabe de qué se trata. Se hace ovillo al lado del catre como si fuese un escondite imposible de encontrar. Quisiera ser valiente, desgañitarse, pedir ayuda, pero se contiene. Eso llevaría la atención de los soldados hacia ella, y no resistiría otra violación. Sus hombros se engarrotan y sus pequeños pechos atiesan al ver los focos del pasillo titilar, como si percibieran la ferocidad del evento. Un aleteo salvaje en su estómago la dobla en una arcada, mas no vomita. Ni en la peor de sus pesadillas se vio a sí misma con la vida pendiendo del capricho de un extraño, con el aliento retenido en los pulmones, cada que le asaltaba la imagen de su hija víctima de las mismas vejaciones.

Ekaterina retorna al refugio dentro de sí. Allí donde todavía vive el capitán Nikoláyev y Nastia tiene cuatro años. Caminan por el bosque tomados de las manos bajo un sol de octubre. Nastia va en medio de sus padres pisando con fuerza las hojas secas, que a su paso suenan a pequeños huesos triturados. Se cuelga entre ellos para forzarlos a aguantar su peso. Alekséi y Ekaterina se miran sonriendo por la manera en que su hija les pide convertirse en columpio humano. La toman con fuerza de los brazos para hacerla volar por encima de sus cabezas.

Los pasos de Dmitrii traen a Ekaterina al presente. Esas pisadas recobran cierta paz. Aunque ya ha pasado más de un año del arresto, todavía recuerda la hospitalidad con la que la recibió el guardia. Es distinto a otros militares. Posee la virtud de la empatía. Es capaz de ponerse en los zapatos del otro sin perder la cordura. No es cruel con las internas, supervisa que haya orden, sí, pero se desempeña sin excesos. Cuando la tranquilidad es rota por pleitos entre ellas, separa a las mujeres sin usar la fuerza física. Basta su voz enérgica y la advertencia de la llegada de otros militares, para que las presas se replieguen. Por eso no todos tienen a Dmitrii en buena estima en la prisión. Otros soldados levantaron quejas por el reparo que muestra a las presas. Por tratarlas como si fueran sus hermanas, hijas o madre.

—¿Logró descansar? —pregunta el guardia a Ekaterina a unos pasos de la reja.

—Sí. Dormí un rato.

—¿Le informaron que vendrán por usted?

—Sí.

—¿Hay algo más que pueda hacer antes de su juicio?

—¿Algo así como un último deseo…?

—No quise decir eso —contesta Dmitrii avergonzado por su falta de tacto—. No sabemos cuál será el veredicto y tampoco quisiera que…

—Ambos sabemos cuál será el veredicto —corrige Ekaterina— y usted no tiene por qué sentirse responsable, no es culpa suya lo que me pase.

—Mejor dígame qué necesita.

—No quisiera provocarle a usted o a su familia algún daño o reprimenda injusta.

—No se inquiete. Mi superior ha solicitado permiso para complacerla con una última petición. Sólo por si acaso, claro.

—¿Y se lo han dado?

—Sí. Mi oficial superior es un hombre justo. No todos consideramos al capitán Nikoláyev un traidor.

—Entonces, por favor, vaya a casa de mi cuñada, Svetlana, la hermana de Alekséi. Ahí está viviendo Nastia. Dígale a mi hija que no quiero que venga ni que intente disponer de mi cuerpo. Quiero ser enterrada en una fosa común con los otros supuestos traidores. Dígale también que mi última voluntad de madre es que parta a Moscú, que huya de Vladivostok cuanto antes. ¿Haría usted eso por mí?

—Cuente con ello —contesta Dmitrii con gesto concentrado.

—Luego —sonríe abochornada—, quiero que vaya a mi casa, que entre al estudio de Alekséi y que tome, del pequeño librero al lado de su escritorio, una fotografía de él. Ya sé que es una tontería, perdone, usted, pero quiero ser enterrada con el retrato de mi esposo con su uniforme de gala.

—No es ninguna tontería —dice Dmitrii—, la mente, el alma, como prefiera usted llamar a aquello que nos anima, tiene sus propios caminos.

Ekaterina regresa al vano de la celda. El viento sopla desde la costa y surca su cabello con dedos fríos. Quisiera que fuera verano para escuchar el murmullo del agua. Sentarse a la orilla bajo el sol con la frente salpicada de sudor, envuelta en aliento de sal y algas. Ver el mar casi inmóvil como un plato vacío a punto de recibir la comida. Sentir en la cara la caricia calurosa de agosto. Pero todo lo que alcanza a ver desde allí es el mismo cielo y el mismo sol ocultos tras una cubierta plomiza y fría. Cielo gris y sombrío. Con todo, encuentra belleza en éste, en su tono tenue y nostálgico, que la traslada a un día caluroso de agosto.

Vladivostok. Invierno, 2019

El cielo plomizo y frío se cierne sobre el aeropuerto de Valdivostok. Takumi siente ahogarse, se lleva la mano al pecho, aunque éste no le duele, sólo cree que le duele. Es la presencia de la muerte. Su posibilidad. La muerte como azar. Como polizonte oculto en el cuerpo. Furtivo y susurrante.

La angustia por la muerte acompaña a Takumi desde la niñez. Aparecía durante las madrugadas en el sonido de las bisagras de una puerta imaginaria, en las hojas del hule mecidas por el viento, en el rechinar involuntario de los dientes, en las figuras de los planetas y estrellas que fosforecían en el techo de su cuarto. Siempre estaba indefenso ante cualquier escenario desolador fabricado en su imaginación. Instantáneas grabadas en su pensamiento como pinturas rupestres. Por ejemplo, de niño, el cadáver de una libélula cargado por un ejército de hormigas, lo transportaba a una cadena de crueldad e indolencia. Sin afán mórbido armaba una historia sobre el insecto. Lo imaginaba suspendido en el espacio, ya herido por alguna dolencia extraña, y tratando de aletear en dirección contraria al precipicio que era la mesa. De allí, aún vivo, se arrastraba con las alas quebradizas hacia un lugar donde pudiera ocultarse a la vista de todos. Mas su escondite, incierto desde el principio, era descubierto por la horda de hormigas que la cargaban sin escuchar las súplicas de piedad, existentes sólo en la cabeza de Takumi. Kokoro conocía los escenarios mentales de su pequeño hermano, su tendencia a acumular pérdidas, como si la vida fuese un camino de duelos imposibles de concluir. La vida es un continuo estarse despidiendo, fue lo último que dijo Takumi a Kokoro antes de entrar a la sala de abordar. Tomó la frase de un libro y pensó que era el momento adecuado para decirla.

En 2016, cuando Takumi partió a Rusia, encontraron cerca del Puerto de Veracruz la fosa clandestina más grande de México, de Latinoamérica a decir de algunos medios; aún no se tenían muchas noticias de los campos de exterminio del crimen organizado. El hallazgo de esa fosa fue un viento en contra para los planes del menor de los Kobayashi. Le daba culpa dejar a sus hermanas en un país donde desaparecían y mataban a los más vulnerables y en el que, además, asesinaban a tantas mujeres por el hecho de serlo, que incluso tuvieron que inventar una palabra para ello. Él también fue un hombre criado para mandar y con la idea de que los hombres tienen más valía que las mujeres, pero la prematura muerte de su padre minó la obediencia a las tradiciones japonesas. Sachiko no pudo hacer mucho, y debió atenerse a las nuevas formas que sus hijos tenían de ver el mundo. Takumi estuvo a punto de no abordar el avión para quedarse a cuidar a su madre y hermanas, pero Kokoro no lo permitió. Si algo así nos va a ocurrir a una de nosotras, le dijo, no hay nada que puedas hacer para impedirlo.

Años atrás, en 2010, Takumi leyó la noticia de otra fosa, ésta en las cercanías del puerto de Vladivostok. Le impresionó que quinientas personas hubieran sido ejecutadas sin ninguna reflexión, reducidas a simple materia orgánica, a una masa con valor numérico de 3.5 toneladas. Convertidas en cuerpos sin nombre, sin memoria, sin lugar, sólo carne obscena en su pura materialidad. Cráneos perforados por impacto de bala, fémures, húmeros, esternones y clavículas desprendidos, revueltos entre articulaciones que seguían unidas milagrosamente. Qué lejano le pareció en ese entonces el volumen inabarcable de huesos hallado por unos obreros, particularmente conmovidos, por una mujer que guardaba entre jirones de ropa, una fotografía degradada por la humedad y el tiempo, que apenas mostraba un manchón marrón, donde alguna vez hubo un militar retratado en traje de gala. Para entonces, Takumi pensaba que esas cosas no ocurrían en México, era muy joven aún.

En el avión, el rostro de Kokoro surge en medio de ese recuerdo, mientras Takumi se dice que a su hermana le fue bien, pues la encontraron y está viva. Takumi ya no distingue entre unas fosas y otras. Cuerpo sobre cuerpo, con tanta sangre derramada, que ha desbordado el cauce del río en el cual la humanidad se ha bañado muchas más de dos veces.

Takumi cierra los ojos sin salir de la fila para documentar equipaje. La oscuridad interior le hace perder el equilibrio. Cae de sentón al suelo sin entender qué le está sucediendo. La mayoría de los pasajeros huyen cualquier responsabilidad, mientras otros se acercan a preguntarle si se siente bien, si necesita ayuda. Takumi no entiende qué dicen, de momento ha olvidado el ruso aprendido en la Escuela Nacional de Lenguas. Un oficial del aeropuerto de Vladivostok se abre paso entre la gente, y le ayuda a incorporarse.

—Acompáñeme a la enfermería —le dice.

—No puedo perder mi vuelo.

—Tendrá tiempo de sobra para documentar su equipaje sin hacer fila, yo personalmente me encargaré de eso.

Takumi se sostiene del oficial aunque no puede mantenerse en pie. El ajetreo de los pasajeros del aeropuerto va a una velocidad distinta a la que él se mueve. Todo gira con rapidez mientras que a él le cuesta dar cada paso. El oficial del aeropuerto toma a Takumi del brazo, y poco a poco lo ayuda a avanzar hacia la sala de primeros auxilios.

—El doctor Kótov no tarda, espérelo aquí —dice al abrirle la puerta del cubículo.

En seguida aparece un hombre joven con tipo de haber estudiado cualquier otra profesión que medicina. Es pequeño y rollizo, de cabello ralo, rubicundo y despeinado. Entra poniéndose la bata blanca que bien podría ser prestada.

—¿Le provoca ansiedad viajar? —pregunta el doctor mientras le examina las pupilas.

—Sí.

—¿A dónde viaja? —inquiere en lo que le toma el pulso y revisa el ritmo cardiaco.

—A México.

—¿Vacaciones?

—No… no… soy mexicano, estoy estudiando un posgrado en la Universidad Federal del Extremo Oriente.

—¿Tiene familia aquí?

Takumi niega con la cabeza, en tanto se pregunta si Amir, la señora Volochkóva y sus gatos, Misha y Murka, podrían ser considerados familia.

—¿Alguna vez ha sufrido un ataque de pánico? —Takumi no alcanza a responder. Ni siquiera escucha. Ya no está en Rusia, en el aeropuerto de Vladivostok ni en la enfermería del doctor Kótov, ahora tiene nueve años y se encuentra en la casa de sus padres en la Ciudad de México.

Una semana después del incidente en la biblioteca, el ingeniero Naoto Kobayashi salió de la ciudad por asuntos de trabajo. Encabezaba la construcción de una presa al norte del país. Dejó a Sachiko encargada de mantener la biblioteca con llave y de sólo abrirla para Martina, la señora que ayudaba en la limpieza. Takumi sabía del cuidado que su padre ponía a la biblioteca. No le gustaba que se acumulara una mota de polvo en ningún objeto. Así que Takumi espió a Martina durante días, mientras entraba y salía con la aspiradora y otros artículos de limpieza. Desde el regaño ocasionado por el libro no pudo quitárselo de la cabeza. El recuerdo era opaco, nebuloso, una mancha negra con degradados grises sobre el amarillento papel de publicación.

El vaivén de Martina duraba pocos minutos, pero Takumi, dueño de la paciencia que distingue a los Kobayashi, supo esperar el momento correcto sin forzar la situación. En alguna hora de la mañana, cuando Sachiko y sus hijas habían salido, sonó el timbre. Martina abandonó la biblioteca para atender la puerta. Takumi escuchó que se trataba de un paquete para su padre y que alguien tenía que firmar de recibido. Tiempo suficiente para deslizarse con sus calcetines de Dragon Ball y colocar la escalera en las coordenadas que dictaba su memoria. Parado de puntas en un peldaño, trataba de leer el título en el lomo, pero no podía. Era una especie de trabalenguas impronunciable. Fa, dijo en voz baja, Fa…ra…, repitió queriendo esclarecer la palabra, Fa…raf…, silabeó de manera incorrecta, *Farabeuf*, logró articular por fin. Escondió el libro debajo de su pijama y regresó la escalera para no levantar sospechas, luego salió corriendo sin ser descubierto.

Takumi cerró la puerta de su recámara con seguro y recordó las palabras del ingeniero Naoto, prométeme que no mirarás la fotografía. Si bien había decidido desobedecer a su padre, el niño dudó unos segundos antes de hacerlo. Barajó como crupier las páginas de *Farabeuf* con la intención de retardar la osadía. De haberlo querido pudo desistir. Tenía tiempo suficiente para regresarlo a su lugar y honrar la confianza brindada por su padre; pero no, había decidido faltar a su palabra. Takumi encontró la página del manchón oscuro, la miró por un rato, y pese a observar la imagen a detalle, tardó en entender lo que ocurría allí.

Aquella fotografía congela un instante en la agonía del campesino Fu Zhu-li, mientras es torturado con el ling-chi, la muerte de los mil cortes, castigo impuesto por matar al amo o cometer delitos de lesa majestad. Fu Zhu-li fue drogado previamente con opio para obligarle a ver los pedazos de su cuerpo rebanados siendo apilados en una canasta. Cortado pedazo a pedazo estando aún con vida, de la misma forma que las hormigas devoraron la libélula en la cabeza de Takumi. El ling-chi culminaba con la ejecución del reo, ya sea cortándole la cabeza o extrayéndole algún órgano vital.

Ante los ojos de Takumi, Fù Zhu-li sufría atado a un poste con los brazos extendidos y amarrados por detrás de la espalda, aparentando no tenerlos, en lo que es sujetado por dos torturadores. La fotografía es vieja, de mala resolución, sólo pueden apreciarse sombras, líneas oscuras, donde debería haber un par de ojos. Delante de Fu Zhu-li hay dos verdugos más. Uno corta una pierna en el momento de la toma de la fotografía, mientras el otro, que está de espaldas, observa sin aspaviento. Del torso de Fu Zhu-li sobresalen dos cortes enormes que abarcan el área de los pulmones. Retazos de piel y carne asoman lo que bien podrían ser las costillas, la sangre le escurre hasta el pubis.

La tortura del campesino está documentada en una serie de fotografías que se convirtieron en tarjetas postales. Capturan desde que lo atan al poste hasta su ejecución. Aun así, la fotografía escogida por Salvador Elizondo para *Farabeuf*, es aquella donde el semblante del mártir se vuelve confuso. Una rara impresión de sufrimiento extremo y goce. Idéntica a las de los santos canonizados por la tortura en la que murieron. Igualmente, Fu Zhu-li mira hacia el cielo con la vista extraviada en la nada o en el todo de su muerte. Sus labios entreabiertos no esbozan mayor queja, casi podría decirse que están suavizados.

—¿Alguna vez ha sufrido un ataque de pánico? —insiste el doctor Kótov, lo que trae de regreso a Takumi del archivo de sus recuerdos.

—Sí.

—¿Puede viajar otro día?

—Imposible, una emergencia familiar me requiere en México.

—Le voy a recetar un ansiolítico para que pueda viajar. Se tomará uno aquí y se llevará dos pastillas más por si lo necesita en el trayecto, de preferencia tome la siguiente dentro de seis horas.

Takumi asiente a las indicaciones del médico.

—No es nada grave, pero le recomiendo que llegando a su país haga cita con un especialista.

—¿Un especialista?

—Un psiquiatra o alguien autorizado para hacerle una receta médica y derivarlo a terapia. Estos síntomas tienen que ver con algo más allá de lo orgánico. ¿El asunto que lo requiere en México le genera algún estrés?

—¿Algún estrés? —repite Takumi con una sonrisa de dientes frontales. Únicamente él entiende la ironía no intencionada del médico.

Tokio. Primavera, 1972

Yoshikawa empequeñece frente a la imagen del espejo. Ave de plumaje blanco y ralo oculta bajo un traje color azul de Prusia. Preso en la jaula que construyó para sí, y de la que no sale pese a tener la reja abierta, al igual que Asterión. La espalda del maestro no llena los hombros del saco, y no tendría que ser así, ya que es un traje hecho a la medida por el sastre más prestigiado de Japón; con todo, el cuello del maestro se hunde hacia el pecho en busca del caparazón en cual meterse. Sus brazos se elongan al suelo como si quisieran huir de ese tronco disminuido. El maestro es la estampa de los vencidos; de los que no pueden lidiar con el mundo y se mezclan inadvertidos sin ser parte de él; de los que fingen entender la música de la vida, pero bailan con el ritmo sincopado que sólo ellos escuchan.

Ayer que el maestro escribía las palabras de agradecimiento para su homenaje, estaba animado. Semanas atrás contó a Hikari que una delegación soviética, liderada por su colega, Oléntiev Panchenko, le haría un homenaje. ¿Y sabes lo que eso significa?, dijo, que me pedirán hacer una película en Rusia. La señorita conoce bien el nombre Oléntiev. Mientras Yoshikawa se recuperaba de la depresión y de su intento de suicidio, sólo Panchenko llamó cada semana para informarse sobre el estado del maestro y enviarle su afecto.

—Hay algo en el azul del traje que me apaga.

—*¿Bajo una ola en altamar en Kanagawa?* —dice Hikari.

—Sí, donde el destino de los navegantes es incierto.

—Tu vida no es una pintura, Akimitsu.

—Los colores presagian eventos.

—Y si fuera el traje negro pensarías que vas camino al sepulcro.

—En cada paso uno se juega la vida.

—La vida también se juega en la inmovilidad.

—Iré de azul de Prusia aunque me apague.

—La dignidad del maestro no depende de colores.

Yoshikawa se queja porque la corbata lo estrangula, pese a estar anudada igual que siempre. No lo dice, y menos a su joven amante, pero teme la aparición pública. Yoshikawa sonríe a Hikari fingiendo serenidad. Más que sonrisa es una mueca, una raya a la altura del mentón, tras las que oculta el miedo a sufrir una crisis en público. Se imagina desorientado frente a la mirada del auditorio, sin tener claro qué hace allí o el porqué, con el torrente de palabras apretujadas en plena lucha por salir una antes de otra, en tanto que él, Yoshikawa, está indefenso ante su propio flujo mental. Soy mi peor enemigo, piensa, al imaginar su mirada reflejada en las pupilas del público, viéndose a sí mismo como si fuera alguien más.

—Mejor desaparecer.

—No, Akimitsu, no digas eso.

—Mishima sí estaba convencido de morir, y con honor.

Yoshikawa lee el discurso de agradecimiento que escribió para la ceremonia. Nada de éste es valioso para él, sólo un puñado de palabras vacuas. La señorita Hikari alisa con denuedo las hombreras y las mangas del saco. Se hinca ante el maestro para estirar cada pliegue del pantalón. Él prefiere no mirarla directamente, sería una insolencia debido a la posición en la que ella se encuentra. Es momento de mirar a la Hikari especular, Yoshikawa cree que es mejor contemplar lo que tanto se desea reflejado sobre alguna superficie. Dicho efecto disipa la ilusión de que una persona es absorbida por otra. De esa forma se admira la belleza sin ofender con algún destello lascivo imposible de predecir. Nada se posee realmente, piensa Yoshikawa al rozar con el aleteo de sus pestañas, los pezones de Hikari asomados por la holgura del vestido.

Hikari observa al maestro con la boca entreabierta. Oh, mi amante, mi hombre, mi artista, piensa para sí. Quizá sea la juventud de la señorita, pero con esos actos insiste en desafiar a su madre, Akiko. No ofendas a tu esposo con tu deseo, decía; respeta tu deber como fue el mío, aleccionaba; sé buena madre y una esposa obediente dispuesta al deseo de su hombre, repetía. Pero a Hikari le importa más su deseo que el del maestro, y el deseo de Hikari es ser deseada por Yoshikawa. Y en este momento en que el maestro quisiera desvestir a la señorita, para engullirla como hacen los ogros con los niños, ella disfruta la lascivia atrapada en el espejo. ¿Y si con el pretexto de alisar la tela del traje rozo, sin querer, la entrepierna del maestro?, se pregunta. Lo haría con inocencia. Sin planearlo. Un accidente cometido por una mujer joven e inexperta. Después se inclinaría aún más hacia él para continuar desvaneciendo la línea de los pantalones, y también con ingenuidad colocaría su cara a la altura del miembro del maestro que, para entonces, estaría erguido. La señorita Hikari alzaría la cabeza para encontrarse con la mirada del maestro y, con esa voz frágil que pareciera quebrarse, diría, maestro, ¿le gusta cómo estoy dejando su traje?

Yoshikawa no escucharía las palabras de Hikari por estar atento al movimiento de sus labios y al modo exagerado con que mueve la lengua. Miembro y boca separados únicamente por la tela del pantalón. Pese a ser quien es, Yoshikawa aún no cree que una mujer como Hikari se le insinúe cada día. Si bien era una práctica común con algunas actrices, tenía claro que lo seducían en busca de algún papel en sus películas, pero con Hikari es distinto, parece desearlo a él, no al famoso director, sino a él, sólo a él, ¿aunque dónde acaba él y empieza el otro?

Hikari se levanta del piso. Trata de alejar las fantasías de su cabeza, ésas donde el maestro, después de hacer acopio de entereza, no puede resistirse más y, sin importar la inocencia de la señorita, abre impaciente el cierre del pantalón para ofrecerle su miembro enhiesto. En sus fantasías, Hikari juega distintos roles, a veces también le gusta ser la ogresa que come sin compasión hombres indefensos.

Yoshikawa se encamina hacia la puerta con su cuerpo pesado por los kilos de más. Va con los hombros caídos, la cabeza refugiada en el pecho y las manos metidas en los bolsillos del pantalón; con todo, para Hikari Yoshikawa no es ningún hombre vencido que no puede lidiar con el mundo, sino alguien a quien en el empeño de construir su mito, se extravió en su propio laberinto.

Vladivostok. Invierno, 1938

En la prisión femenil corren rumores acerca de los soldados primerizos, sobre los yerros que cometen en las ejecuciones y la agonía de las internas a quienes, por un resbalón de dedo en el gatillo, la bala abrió un canal de sangre y carne en la cabeza. A veces se ponen nerviosos, aleccionaron las presas a Ekaterina, no todos comparten la misma convicción por las ejecuciones. Ojalá que el militar encargado de ella sea alguien recio, tan convencido de su odio que tomará el arma con puño firme. Así evitará equivocaciones, y Ekaterina podrá morir sin agonía.

El capitán Nikoláyev tardó varias semanas en morir. Se contagió de un resfriado sin importancia en su último viaje a la región del Ussuri. La fragilidad de los campamentos, la lluvia perenne y las bajas temperaturas agravaron los síntomas durante la expedición. El teniente Vasíliev tuvo que llevarlo de regreso a Jabárovsk para ser atendido por un médico. La enfermedad mantuvo al capitán en cama por semanas. De repente su humor mejoraba con los relatos que Ekaterina hacía de su vida juntos. Ayúdame a hacer memoria, le decía, de cuando salimos en tren de la estación de Kursk en Moscú. Fue el primer viaje largo que hicimos juntos. ¿Recuerdas? Venía sentada a nuestro lado una pareja de alemanes que nos miraba con curiosidad, imagino que nosotros a ellos, y nunca nos soltamos de la mano durante el recorrido, salvo cuando era estrictamente necesario, o como cuando alguien dijo que el tren pasaba cerca de la hacienda de los Tolstói, y todos corrimos a asomarnos como si pudiese verse algo desde la ventanilla.

Al borde de la muerte, Nikoláyev agradecía la buena estrella que desbrozó de mala hierba el camino de su vida. Durmió tantas veces a la intemperie mirando el cielo, con la idea de que la noche llegaba cuando un gigante cerraba los ojos, que se sentía afortunado pese a que estaba muriendo. No moriré cuando cierre los ojos yo, sino cuando los cierre él, murmuró a Ekaterina, quien no entendió a qué se refería.

La vida de Nikoláyev fue, por lo menos para él, un campo de flores sobre el cual caminó de la mano de un azar libre de espinas. Doce expediciones exitosas a lo largo de veinte años lo alejaron de la ciudad y de la visión que tenía de sí, un hombre digno de su tiempo, de la civilización, del progreso, miembro de la raza responsable de encabezar a las huestes primitivas. Pero esa creencia cambió a la par de los kilómetros recorridos por los bosques, porque en sus expediciones se dio otro tipo de viaje, el del éxodo de sí y de lo que creía ser. Nikoláyev no sólo transitó los caminos, los habitó. Hizo de sus travesías su morada, y su espíritu quedó prendado al de la taiga y los espíritus del bosque.

Mientras el capitán agonizaba vino a su mente Kiliii Aktanka, el indígena nómada de la tribu nanái, a quien consideró su mejor amigo. No sólo lo recordó, lo vio parado en la esquina de su cuarto como si lo estuviera esperando. Nunca se está solo en el bosque, le decía Aktanka, siempre estoy con gente, los árboles son gente, los animales son gente, el fuego es gente. El capitán admiraba a ese anciano como los niños admiran a un maestro, y sólo a Aktanka se atrevió a contarle el único tramo del camino de su vida que se volvió áspero y oscuro. Un tramo tan ominoso que cuando lo recordaba parecía no tratarse de él, el capitán Alekséi Nikoláyev, el hombre digno de su tiempo, de la civilización, del progreso.

El capitán Alekséi Nikoláyev tenía veintinueve años cuando fue enviado a China para apoyar al ejército en la represión de los bóxers. Los relatos sobre las torturas chinas horrorizaban a las reuniones burguesas de Vladivostok y a los militares que estaban a punto de partir. No sienten miedo de nada, se creen inmortales, son soldados entrenados para matar sin piedad, escribió un monje antes de ser quemado vivo. Pero los bóxers no eran soldados entrenados, sino campesinos que se rebelaban al asedio de Occidente; al comercio que llegó a establecerse en el puerto de Cantón sin su permiso; al opio que los ingleses trajeron de India, y envenenaba a su gente; a la destrucción de sus templos y dioses; al dios blanco y barbado que debían adorar pese a no compartir sus rasgos. Nikoláyev entró con su destacamento por la franja nororiental. Iban convencidos de luchar contra la barbarie y la xenofobia hacia Occidente.

Llegados a territorio chino, tras varias horas de avance, el capitán hizo una pausa. Desde una colina, hincado con todo el peso del cuerpo sobre las rodillas, rastrillaba el terreno a sus pies en lo que decidía el siguiente paso. Con el monocular vigilaba a un grupo de chinos que traían a rastras a otro oriental, que lanzaba patadas al aire sin atinar a sus captores y tenía las manos atadas por la espalda. El sol había salido y la luz ambarina ya creaba sombras sobre las rocas y la planicie. Aquel hombre fue atado a un tronco y le arrancaron la piel a navajazos. Nikoláyev capturó en su mente la expresión de dolor a la que eran inmunes los chinos.

—¿Qué hacemos? —preguntó el teniente Vasíliev.

—Nada —respondió Nikoláyev—, no hay nada que podamos hacer —repitió al cerrar su monocular y dirigir la atención a su propia sombra extendida a un costado. Antes de levantarse dirigió al destacamento lejos de Tianjin, hacia Pekín, donde se decidiría el final de la guerra.

En el trayecto el capitán perdió al soldado más joven, Yurii, que se había detenido a liberar a un animal de una trampa. Apenas Yurii volteó, ya era prisionero de un pelotón de chinos. Cuando Nikoláyev notó que faltaba un soldado, hundió sus botas en el terreno, apoyó el rifle sobre su pecho y revisó que las cargas estuvieran listas.

—No seguiremos hasta encontrarlo —dijo al liberar los tacones de sus botas, dejando las marcas que permanecerían largo tiempo debido a la sequía.

El capitán emprendió la caminata de regreso en busca de una zona elevada desde donde pudiera otear la mayor parte del territorio. A través del monocular creyó ver un cuerpo a lo lejos. Intentó ajustar el lente para tener la imagen precisa del bulto que colgaba de un árbol. Conforme el destacamento se aproximaba la silueta se fue revelando poco a poco. Un cuerpo de extraño color rojizo pendía de un lado a otro por lo inestable de la rama, debajo del cuerpo había un charco de sangre fresca.

Nikoláyev supo que estaba frente a Yurii, su joven soldado, sin poder reconocerlo por la falta de piel. A unos cuantos metros del cuerpo suspendido había sangre seca y negra, sobrevolada por un ejército de moscas. En otra zona cercana, órganos humanos a medio pudrir eran festín de carroñeros. En ese instante Nikoláyev recordó el insulto proferido a su destacamento por una anciana. Él preguntó al traductor qué significaba esa palabra china. Carroñeros, le respondió, les llamó carroñeros. Sin entender aún la relación, el capitán devolvió su atención a aquel árbol que, al parecer, era usado para ejecuciones. Ése no es Yurii, dijo Vasíliev para convencerse a sí mismo, pero al decir el nombre, el cuerpo colgante emitió un quejido que tomó a todos por sorpresa. Estaba vivo. El capitán extrajo su pistola y le disparó en la frente sin pensarlo dos veces.

—Hagan lo que sea necesario para que los pobladores entreguen a los responsables —ordenó.

Los soldados de Nikoláyev incendiaron chozas, ejecutaron hombres, mujeres y niños, hasta conseguir a los culpables. Eran tres rebeldes aún más jóvenes que Yurii, uno ni siquiera alcanzaba los catorce años. El capitán mandó a que corrieran la misma suerte que Yurii. Sus soldados obedecieron sin cuestionarse. El destacamento ruso se alejó del poblado sin voltear atrás, hacia el árbol del cual pendían tres jóvenes chinos vivos e igualmente desollados.

Ekaterina piensa que su fusilamiento será dentro de poco. Escucha el rumor del exterior que suena a un pulso discontinuo. El ruido distrae la atención que suele poner a las grietas del techo para dejar de pensar en su muerte. Ha pasado tantas veces por su cabeza eso, su muerte. Hincada frente a una fosa poco profunda mientras alguien le dispara en la nuca; de pie delante del muro de la prisión ante un pelotón de fusilamiento; colgada del techo de la celda con los pies oscilando de pared a pared. Quisiera dejar de pensar en ello, pero no puede. Ekaterina abandona el ruido de afuera para concentrarse en la grieta más grande del techo. Una con bifurcaciones como los ríos de la taiga. La grieta, rodeada de humedad y musgo, la hace olvidar, por momentos, la imagen de su cuerpo cayendo de cara a la tierra.

Avión. Invierno, 2019

El avión vuela a treinta y cinco mil pies. Hace mucho que los jirones de nubes quedaron abajo. El sol se ha perdido de vista de los pasajeros y resplandece oculto al horizonte. Takumi va sentado en ventanilla. Su cuerpo no pone barrera a la somnolencia, al efecto de alivio irreal provocado por el ansiolítico. Se queda dormido. Su mano derecha, con la que Takumi sostiene el vaso de agua mineral, se relaja, y cae como si fuese un apéndice autónomo desmayado sobre la pequeña mesa de servicio. La palma queda hacia arriba con los dedos entrecerrados como si aún sostuviera el vaso. Parece la mano de un mendigo, abierta lo preciso para indicar que está pidiendo, cerrada lo suficiente para que nadie le robe el diezmo. Takumi resuella en el paraíso de las drogas prescritas. Abre la boca con la mandíbula a medio caer, mientras su cabeza rebota contra el hombro izquierdo debido a la turbulencia. Su expresión muestra que ha partido al mundo interior, a los arrecifes de la animalidad sin velo, a los pavores nocturnos de la infancia.

Takumi niño despierta en un grito ahogado. Las costillas expuestas de Fu Zhu-li es lo primero que viene a su mente.

Takumi siente frío. Descubre la humedad de su cama y pijama. Sale de entre las sábanas de un brinco y enciende la lámpara del buró para inspeccionar el tamaño del problema. El círculo de orines cubre la mayor parte de la superficie. Afuera de la ventana, las hojas del árbol de hule se mecen con el viento, y el roce de las ramas contra el vidrio le da miedo. A la carrera cruza la habitación como si fuera perseguido por alguien. Abre su puerta. La casa es silencio y oscuridad, el interior de la ballena que se tragó a Jonás por tres días. Takumi se asoma al piso de abajo. Desde allí estudia el terreno. La luz de las farolas de la calle ilumina las fotografías familiares y proyecta una sombra amenazante formada por los abrigos que sobrecargan el perchero.

Takumi no baja, y continúa por el pasillo que une a las cuatro recámaras. Camina de puntas, para no despertar a sus padres, hacia la puerta al final del pasillo: la habitación de su hermana mayor. Kokoro duerme en posición fetal y cubierta hasta la cabeza con las cobijas. No percibe la presencia de su hermano parado al lado de la cama. Takumi toca el brazo de su hermana mayor, que no responde al primer llamado. Takumi insiste hasta que consigue despertarla. Me oriné en la cama, le dice a Kokoro, quien no termina de despertar. Sin responder nada, sale de entre las cobijas y toma a Takumi de la mano. Atraviesan el pasillo de regreso a la recámara de él.

Kokoro abre la regadera para que el agua se caliente, quita las sábanas y las enrolla en un bulto perfecto que lanza cerca de la puerta. Saca sábanas limpias del armario y, antes de tender la cama, voltea el colchón. Quítate la pijama y la trusa, ponlos con las sábanas, dice la hermana mayor al pequeño, que obedece en el acto. Luego carga a su hermano para meterlo bajo el chorro de agua. ¿Otra pesadilla?, pregunta Kokoro. Sí, dice Takumi. *Taku-chan*, mi pequeño hermano, eres especial, más sensible que otros hombres, más sensible que otras mujeres, dice Kokoro al enjabonarlo con la esponja.

En el avión Takumi cree despertar, pero sigue dormido y soñando. Se levanta del asiento sin reconocer el lugar. Está en el avión, pero no es el mismo avión, es otro, uno pequeño. De pie en el pasillo busca a los demás pasajeros; los asientos están vacíos. Se dirige a los baños sin poder llegar. Las luces de la numeración de los lugares parpadean al tiempo que la aeronave se cimbra con la turbulencia. Takumi tropieza. Logra sostenerse de la manija de un guarda equipaje. Accidentalmente abre la portezuela dejando caer bultos y maletas que se convierten en pájaros que revolotean alrededor de su cabeza. Aturdido, alcanza a llegar al final de la cabina de pasajeros, abre las puertas de los baños y se asoma a los lugares de las azafatas, todo está vacío. El avión es un buque fantasma. De regreso al asiento decide ir a la cabina del piloto. Regresa por el pasillo que se angosta por donde quiera que pasa. No hay manera de llegar a su destino. Trata de avanzar. En el intento sus pasos se vuelven pesados y la distancia se acorta por alguna singularidad del tiempo. Aparece parado afuera de la cabina del piloto, no quiere abrir la puerta, es igual a la de su recámara cuando niño, pero se abre sola con la sinrazón de los sueños. Takumi descubre la cabina del piloto vacía y que nadie tripula ese avión a la deriva que es su vida.

Tokio. Verano, 1972

El maestro Yoshikawa está sentado en la primera fila del auditorio. Encorvado como una bestia conducida al matadero. Yo-shi-ka-wa es error, fractura, una falla que se niega a ser corregida; mientras permanece sentado allí, piensa que no puede haber existencia plena sin aceptar la deformidad que lo conforma. Para él su deformidad es enorme, grande, más grande que los árboles de la taiga, más grande que el monte Fuji, más grande que el silencio con el cual cubre sus temores.

Yoshikawa observa sus pies, distraído por una mancha que hace unas horas no estaba en el zapato. Desliza un pie fuera del calzado para intentar limpiar la mancha con el calcetín; más atento a la imperfección de su apariencia, que al rosario de halagos que el orador dice antes de presentarlo.

Es el primer homenaje al que el maestro asiste sin *Bijo*, su esposa, a quien todos llamaban así por su belleza. Cuando piensa en ella siente culpa. En el pináculo del éxito se volvió un estorbo para él, pero no la dejaba ir por necesitar guía. Una brújula en medio de la tormenta de la celebridad y los excesos, eso era *Bijo* para el maestro. Ella trató de abandonarlo varias veces, harta de mimar al genio que ya no admiraba ni le significaba ningún reto, pero no se atrevía a hacerlo, y terminaba sucumbiendo a sus ruegos y promesas. La depresión por el fracaso de la última película era el pretexto que *Bijo* necesitaba para abandonarlo.

La señora Yoshikawa, *Bijo*, ocultó por años las ganas de divorciarse. Todavía disfrutaba el glamur de estar casada con un director famoso y haber sido la musa elegida para ser su esposa. Pero a los cuarenta eso ya no la seducía. El genio, para ella, no era más que un niño llorón y megalómano. Atrás quedó la jovencita fácil de impresionar con la perorata del artista atormentado o del poeta maldito. *Bijo* ahora sólo quiere paz. Viajar por el mundo con la menor de sus hijas, Yuki, y disfrutar el dinero que le tocó después del divorcio. La pareja siempre entendió que la fortuna acumulada por el maestro fue construida con el esfuerzo de ambos, aunque la quiebra mermó una parte considerable.

Bijo conoció al maestro en su época de actriz debutante. Renunció a la carrera profesional con tal de convertirse en la esposa del ya famoso director. Aceptó sin drama que su talento histriónico era limitado y que la actuación era más ocurrencia que vocación, y la vida al lado del maestro en principio fue buena. Sus hijos, Yuki, Tadashi, Setsuko, y la carrera de Yoshikawa, eran lo más importante para ella, hasta que en algún momento dejaron de serlo.

La brecha entre el matrimonio se hizo cada vez más ancha. *Bijo* descubrió que su marido e hijos no eran una extensión de sí. La idea llegó como relámpago mientras tenía relaciones sexuales con el maestro. La señora Yoshikawa estaba recostada en la cama con sus piernas dobladas y abiertas semejando las pirámides gemelas de Tikal, en custodia de la yesca del pubis.

El maestro tenía la cara insertada entre esas pirámides, y lamía al compás de los gemidos de *Bijo*. Pero ella no estaba concentrada. Por momentos, alguna oleada placentera le hacía gemir o temblar, y de repente se distraía con cualquier insignificancia. Como cuando cayó en cuenta de lo que odiaba la lámpara de techo, que escogió el maestro para la recámara. La compraron en el tiempo en que el estilo modernista era lo más elegante de Tokio. El diseño había envejecido mal, y con los años adquirió un aire anticuado, decadente, hasta de mal gusto. Se imaginó a sí misma comprando una casa en la cual colgaría lámparas de techo que sólo le gustaran a ella.

Bijo, al notar el esfuerzo del maestro en su mismo chupeteo, resolvió fingir un orgasmo; en consecuencia, él se quitaría de encima de una vez por todas. Su esfuerzo en proporcionarle placer la exasperó a tal grado, que de inmediato supo que no quería seguir con ese hombre aburrido y de caricias predecibles.

El abandono de *Bijo* fue el puntapié que el maestro necesitaba para hundirse. Había vivido tan ocupado de su carrera, tan pagado de sí, sin permitir la cercanía de su esposa e hijos, que jamás pasó por su cabeza que ella quisiera dejarlo. Por ello no comprendió su partida salvo por el revés de la fortuna. No importaba cuánto se esforzara *Bijo* en explicar los motivos del divorcio, él seguía maldiciéndola por irse cuando más la necesitaba. La señora Yoshikawa se fue pocos días después del fracaso de la película. Antes de partir habló con la señorita Hikari.

—No permitas que se aleje de la orilla.

—No puedo comprometerme.

—No te costará esfuerzo.

—La señora me sobreestima.

—No me refiero a eso.

—Entonces no entiendo.

—He visto cómo lo miras.

—Está usted equivocada.

—También he visto cómo te mira.

La señorita Hikari limpió el sudor de las manos en la tela amarilla de su falda, y bajó avergonzada la cabeza.

—A veces los amantes se miran a destiempo.

—Nunca le falté el respeto a esta casa.

—Llevo años lejos de él, de lo que fuimos.

La depresión de Yoshikawa fue la alarma de *Bijo*. Sabía que el mar al interior del maestro iba a desbordarse, y acabaría bajo los picos de las cabrillas, sin poder llegar al monte Fuji.

—Deberás estar dispuesta a mantenerlo fuera del oleaje.

—Imposible hacerlo sin hundirme.

—Mi tiempo se cumplió, y rechazo toda responsabilidad por él; decide cuándo se cumple el tuyo.

Hikari se levantó del sillón para inclinar su cuerpo hacia *Bijo* en señal de respeto; al erguirse, sólo la vio atravesar el gran salón hacia la puerta con el rímel corrido. Lloraba, no por la separación, sino emocionada por el alivio.

El maestro Yoshikawa sube al podio a leer sus palabras de agradecimiento. Desdobla con manos temblorosas la hoja donde escribió el discurso. Antes de abrir la boca, los asistentes se ponen de pie y aplauden. Bravos y maestros se escuchan por la sala. Yoshikawa no esperaba la ovación, y lo toma desprevenido. Una bola de saliva, imposible de tragar, crece en su garganta. El vaivén de la marea incontrolable va a desbordarse y a convertirlo en el hombre líquido, inundado de emociones ajenas entremezcladas con las propias. La ola más grande, la que arrasa las palabras para dejarle sólo sílabas y balbuceos, emerge de las corrientes del abismo. El maestro no cree controlarse y, a punto de bajar sin decir nada, recuerda al niño Yoshikawa vestido con la hakama y rodeado de los compañeros de escuela que entonan burlones: *nakimushi, nakimushi, nakimushi*, nene llorón. El maestro se endereza ante el recuerdo y consigue tragar la masa de saliva antes de empezar a hablar. Termina el discurso en medio de los aplausos.

—¿Qué me dirías si te dijera que estamos interesados en que filmes en Rusia? —dice Panchenko, director de Mosfilm.

—¿Quién quiere a una gloria acabada?

—Yo.

—No tengo una historia en mente.

—Adapta una novela rusa.

—¿Alguna en particular?

—La que tú quieras.

—He perdido mi prestigio. Si me hundo, arrastro a todos conmigo.

—Eso no sucederá, yo confío en ti.

—¿La novela que yo quiera?

—Sí, la que quieras.

Yoshikawa bebe un sorbo de whisky, mientras con la mente recorre los lomos de los libros de su biblioteca en la sección de literatura rusa. Entre éstos destaca uno viejo y gastado.

—*El nómada* del capitán Alekséi Nikoláyev —dice el maestro lleno de seguridad al director de Mosfilm, que queda mudo al escuchar la propuesta.

La mente de Yoshikawa abre *El nómada*. De las páginas interiores surgen imágenes de plasticidad y belleza pura. Un bosque espeso de árboles gigantes que sólo permiten pasar hilos de luz; el reflejo de un sol redondo y naranja que tiembla con el movimiento del río; el crepúsculo del Ussuri iluminando las pisadas del pelotón, que al atravesar la orilla rompe la redondez del sol; ese mismo territorio, mucho tiempo después, devastado por las ruinas del progreso; el rostro anciano y tostado de un indígena que yace muerto sobre la blancura de la nieve; las siluetas diminutas e indefensas de dos amigos que atraviesan una tormenta, con la única seguridad de tenerse uno al otro.

Vladivostok. Invierno, 1938

El tapete de entrada a casa de Ekaterina opone resistencia. Dmitrii empuja con fuerza, y provoca que los restos de nieve salpiquen el recibidor. Sin dar un paso más se quita la gorra y el abrigo para colgarlos en el perchero. Cierra antes de que la ventisca ensucie aún más el interior. Pone atención a la segunda planta de la casa, y recuerda las instrucciones de Ekaterina. En seguida sabe cuál es el estudio del capitán, adonde debe dirigirse, pero sigue de largo. Atraviesa la estancia directo a la escalera. Sube. Observa los adornos de los muebles y esquineros al tiempo que cruza los pasillos. Descubre una pared con fotografías. Son retratos en los que Alekséi, Ekaterina y Nastia posan con amigos y otros miembros de la familia. Dmitrii descuelga con curiosidad la foto de boda de los Nikoláyev. Ella no lleva un vestido de novia fastuoso, sino una prenda sencilla, y el capitán viste de uniforme.

Dmitrii piensa en la ejecución de Ekaterina. Sabe que no hay veredicto de inocencia para las presas de Vladivostok. Está acostumbrado a verlas durante un tiempo para luego, simplemente, dejar de verlas. Tampoco ha sido fácil para él presenciar los fusilamientos. Conoce todas las reacciones de las internas. Algunas se paran orgullosas frente al verdugo, mientras gritan las consignas por las cuales dan la vida, otras permanecen en silencio con mirada vacua, como si hubieran muerto durante el encierro, otras más lloran y se arrodillan pidiendo el indulto.

Dmitrii abre una de las puertas del segundo piso. Es la recámara recién arreglada de Alekséi y Ekaterina. Tiene las sábanas, los cojines y las cobijas estirados a la perfección. No hay objeto fuera de lugar. Dmitrii pasa la mano sobre un buró, ni una mota de polvo. Rodea la cama para husmear en el tocador. Todo está limpio: cepillo, frascos de perfume, alhajero, polvera. Alguien mantiene la casa lista para cuando la familia vuelva.

No regresará.

Dentro de dos horas ejecutarán a Ekaterina y meses después enviarán a Nastia al gulag. No se sabrá nada de ellas ni del capitán durante años. Su apellido, Nikoláyev, será borrado de la historia rusa por un tiempo. La Comisaría del Pueblo para Asuntos Internos mantendrá el trato de traidores para él y su familia. Años después será reeditado *El nómada* y saldrán a la luz todos los escritos del capitán salvados del fuego por Nastia. De traidores pasarán a ser víctimas de las purgas. La casa de los Nikoláyev se convertirá en museo. Quedará intacta a como la vio Dmitrii. Los muebles serán restaurados, una y otra vez, para parecer nuevos. La cama conservará las mismas cobijas y el color de las paredes y la alfombra no cambiará. Afuera colgarán una placa indicando quiénes vivieron ahí. Estudiantes y turistas recorrerán las mismas habitaciones que el guardia mientras toman fotografías como recuerdo.

Dmitrii sale de la recámara avergonzado por su atrevimiento. Corre escaleras abajo para cumplir la encomienda de Ekaterina. Ya no presta atención a las demás habitaciones. No piensa cometer otra indiscreción. El guardia se dirige al estudio del capitán, directo al mueble donde está su retrato. Lo sostiene unos segundos. En esa fotografía Nikoláyev tiene la misma edad de Dmitrii, quien cumplió veintiocho años el 15 de agosto. El guardia todavía tiene pinta de adolescente, con el rostro distraído, salpicado de pecas, y la mirada dulce pese a la seriedad de su gesto. Sin quitar la vista del retrato del capitán, Dmitrii piensa en lo ordinaria que ha sido su vida. Compara sus andanzas con las de Nikoláyev, y se siente pobre. Insulso. Sin aventuras que narrar. Jamás había corrido un riesgo. Obedecía las órdenes que le daban, cumplía con las responsabilidades de esposo y padre, y nada más. Mientras que el hombre que tenía enfrente, posando en uniforme de gala, realizó doce viajes a lugares inhóspitos, escribió siete libros, entre estos *El nómada*, la novela más leída por el pueblo ruso. Además, decidió quedarse a correr la misma suerte de sus soldados, cuando supo que serían investigados por el servicio secreto, y desobedeció a un superior con tal de impedir una ejecución injusta. ¿Y yo qué he hecho?, se pregunta Dmitrii. Cree que nunca se ha arriesgado, que jamás enfureció, palideció, peleó ni defendió a nadie. Que sólo se ha deslizado por la vida, con la facilidad que lo hace la cuchilla de acero de los patines sobre el hielo. Siempre ausente de su propio deslizamiento, tanto, que podría romper la parte más delgada del hielo sin enterarse, para después ser arrastrado por la corriente a un abismo de futilidad.

Dmitrii saca la fotografía del portarretrato. La guarda en un libro para que no se maltrate. Se asoma por la ventana. Nieva más fuerte. Si se tarda más no llegará a tiempo a la prisión. De salida pasa frente al espejo del recibidor. Enfrenta su reflejo. Su rostro pálido y pecoso. Sus ojos oscuros y profundos. Sí he hecho algo, se dice. Y de súbito entiende que su vida no ha sido en vano. Antes de salir toma su gorra y abrigo. Desciende con paso firme por la calle de Leninskaya.

Avión. Invierno, 2019

Han transcurrido seis horas de vuelo. Takumi despierta con la lengua pastosa. Pasa ambas manos por su rostro para obligarse a despertar por completo, quedó con un pie aquí y otro en el mundo alucinado. La extremidad terrestre es el hilo que le ayuda a no perderse, a no dejarse ir de lleno por los pasillos en el laberinto de la depresión. Laberinto intrincado ése el de estar deprimido, así, con el cuerpo deshabitado, como una cáscara hueca, una fruta vaciada de contenido, de la pulpa de palabras que han perdido significado. Hay momentos en que la esperanza se avergüenza de sí.

Una sobrecargo de mediana edad y cuerpo rollizo aprisionado por una faja, presta particular atención a Takumi. Va más allá del deber profesional. De vez en cuando se asoma para saber si ha despertado. Takumi nota el esmero sin entender por qué algunas mujeres son atraídas por un hombre roto. Vuelto escombros en cada piso de sí, destruido por un terremoto, con cada piedra interior, incluso los cimientos, derrumbados por una sacudida de ocho grados. Antes de la noticia de Kokoro, Takumi se sentía una torre. Una construcción alta. Erigida sin cuarteaduras o malos resanes. Hacía tantos años de los ataques de pánico y la depresión que los había olvidado. ¿Qué espera esa mujer de una pila de cascajo amontonada en el asiento 23C del vuelo Air France con destino a la Ciudad de México?

En otro momento, Takumi se hubiera aprovechado de la rara atracción que ejerce en ciertas mujeres, y con la misma seguridad que ha fingido otras veces, se acercaría para ver su reacción. Ya ha tenido relaciones con mujeres mayores. Todo empieza con la conversación sobre algún libro, y de la admiración algo se enciende. Si la mujer parece complacida con su acercamiento, Takumi pone su mano sobre la de ella, si no se la retira se acerca más, y luego la conduce a algún rincón privado para seguir hablando sin que los molesten. En algún instante de la conversación se inclina para darle un beso, y si ella también se acerca, la toma de la cara antes de dejar ir su cuerpo. Takumi no es el tipo de hombre que se perciba como amenaza.

—¿Está cómodo en su asiento? —pregunta la azafata.

—Estoy bien —dice Takumi.

—Puedo hablar con el capitán. Hay un lugar vacío en *business class*. Iría más cómodo.

—No es necesario.

—Aún quedan muchas horas de vuelo.

—No se moleste.

El anciano sentado al lado de Takumi chasquea la lengua. Considera a la vejez un permiso para la imprudencia.

—No seas maleducado, muchacho.

—Bueno, si está bien aquí… —dice la sobrecargo avergonzada.

—No, disculpe, usted tiene razón —reacciona Takumi—, si hay esa posibilidad, se lo agradecería.

Takumi sonríe al hombre mayor antes de ponerse el antifaz de ojos. Detrás de éste permanece despierto y alerta por si algún síntoma regresa. Trata de recordar cómo lidiaba con ellos cuando aparecieron por primera vez. La depresión vino una semana posterior a la muerte de su padre, cuando la gente dejó de llamar y la cotidianidad se convirtió en tiranía. Abrir los ojos. Bañarse. Desayunar. Tomar el autobús. Asistir a clases. Volver a casa. Comer. Hacer la tarea. Cenar. Meterse a la cama. Tratar de dormir. Y volver empezar todo a la mañana siguiente. En distintas ocasiones tanteó la posibilidad de dejarse caer, pero Sachiko no se lo permitió. Alguien tenía que mantener el engranaje en movimiento, y ese alguien era ella. La vida sigue, les decía a sus hijos, aunque ella misma deseara no levantarse de la cama.

Takumi tuvo el primer ataque de pánico cuando entendió que ahora era el hombre de la casa, y que, a pesar de estar en preparatoria, debía encargarse del negocio y de las mujeres de la familia. Sachiko, por ejemplo, viviría con él hasta que ella muriera, y sus hermanas, hasta entregarlas a un buen esposo que guiara sus caminos. Takumi también tendría que estudiar ingeniería para dirigir la empresa, cuando la buena para la física y las matemáticas era Kokoro. Para fortuna de Takumi, su hermana mayor no permitió que ocurriera nada de esto. Ella era la primogénita de la familia y siempre quiso ser ingeniera como su padre. Así que desoyó a Sachiko, tomó las riendas de la empresa y entró a estudiar ingeniería sin su permiso. Con el tiempo ocupó el lugar del patriarca, lugar que pensaba le correspondía a ella. Los novios de Haruna y Misaki tuvieron que presentarle sus respetos a Kokoro a regañadientes, ya que era la encargada de tutelar esa casa. En el momento en que Takumi acabó la universidad lo animó a aplicar al posgrado. No vuelas, pero qué tal brincas. ¡Vete saltando de aquí! De no ser por Kokoro Takumi hubiera terminado convertido en un japonés tradicional que impone orden, administra bienes y decide el destino de los miembros de la familia, como si fueran los peones de un tablero de ajedrez. Nada más alejado a la personalidad del menor de los Kobayashi.

—Señor Kobayashi, si gusta acompañarme —le dice la azafata.

Es casi de noche. Varios pasajeros duermen. Un bebé llora en brazos de su madre, que lo calma mientras camina de arriba abajo por el pasillo. Takumi se levanta con cuidado del asiento. No quiere molestar, pero despierta al pasajero de adelante. Perdón, dice Takumi sin detener su camino hacia *business class*. Al pasar al lado de la madre que arrulla a su hijo, sonríe al bebé con una sonrisa dulce, aunque triste.

Tokio. Invierno, 1972

Yoshikawa tuvo *El nómada* por primera vez en sus manos a los dieciséis años. Lo tomó prestado de la biblioteca y jamás lo devolvió. Las páginas, patinadas con el tono amarillento del tiempo, resbalan lentas por sus dedos. El maestro, además de leer, evoca una época de su vida. Coloca el libro sobre sus piernas y descansa los ojos poniendo la mirada en el jardín, que deslumbra cubierto de nieve. Los arbustos enanos parecen lomos de osos polares dormidos unos contra otros y los marcos de las ventanas, cubiertos con estalactitas de hielo, completan la postal de invierno.

Natsuki fue el primer amor de Yoshikawa. Llegó a vivir a la casa de al lado cuando él acababa de cumplir diecisiete. La familia Matsudaira volvía de una estancia larga en Inglaterra. A simple vista se notaba que no era una típica familia japonesa. Tenían el donaire de quien ha viajado por el mundo. El joven Yoshikawa quedó hechizado al descubrir a Natsuki apearse del coche con una caja de libros sobre su regazo. Subido al árbol en el jardín de su casa, espió a los nuevos vecinos durante la mudanza. Ella supo que la observaban. Retiró el flequillo de los ojos con un movimiento de cabeza, y descubrió al mirón oculto entre las ramas del árbol, mas no se enojó, por lo contrario, esbozó una sonrisa discreta en señal de aprobación. Pese al coqueteo, Yoshikawa no se atrevió a hablarle inmediatamente, esperó el momento justo, que llegaría dos semanas después.

Natsuki leía en el jardín de su casa. El joven Yoshikawa se acercó a ella y se dejó caer a su lado sin quitar la vista del cielo. Natsuki no se alteró, sino que empezó a leer en voz alta. Yoshikawa reconoció lo que ella leía: *El nómada*. La voz de Natsuki se apagó con la trompetilla del vendedor de tofu.

—Lo leí hace dos años —dijo Yoshikawa arrebatándole el libro de las manos.

—¿Te gustó?

—Lo leería otra vez.

—Me lo regaló mi padre antes de salir de viaje.

—¿Cuándo vuelve?

—No sé.

—Las expediciones del capitán Nikoláyev duraban meses.

—Mi padre es un hombre de negocios, no hay ninguna aventura en ello.

—Te vi el día en que se mudaron.

—Lo sé.

—Quise platicar contigo.

—¿De qué?

—No sé, sólo platicar de cualquier cosa.

—Platiquemos.

—¿Quieres caminar?

Natsuki se levantó del césped sin responder. Era un rasgo distintivo en ella. No respondía con palabras sino con acciones.

¿Quieres una galleta de calabaza?, preguntaba su madre extendiéndole el plato, Natsuki tomaba cinco en silencio. Va a nevar, le advertía el padre, entonces ella regresaba por el abrigo sin decir nada. Sakura no tiene comida en su plato, reprochaba el hermano, al instante Natsuki servía los desperdicios del día sin soltar prenda. La familia tuvo que acostumbrarse al mutismo de la muchacha.

Natsuki y el joven Yoshikawa caminaron hacia el estanque, un lugar tranquilo donde los muchachos de las viviendas aledañas iban a besarse. En un principio fue el sitio socorrido por las madres que llevaban a sus niños a jugar. Yoshikawa fue de esos pequeños. Con el tiempo, el estanque se convirtió en el sitio para noviar a escondidas de los padres. Enfilados hacia allá, las manos de ambos rozaban por accidente. En un vaivén, Natsuki prensó con la punta de sus dedos la palma de la mano de Yoshikawa, quien la cerró para aferrarse a ella. El joven maestro se quitó la chamarra y la puso sobre el pasto, a la orilla del estanque, para que Natsuki se sentara sin ensuciar su falda. Ambos se quedaron en silencio, tomados de la mano y con la atención puesta en el agua, en espera de mirar alguna de las carpas que los adultos colocaron allí.

—¿Qué harás al terminar la escuela? —preguntó Yoshikawa.

—Mis padres no quieren que vaya a la universidad.

—Es igual con mis hermanas.

—No es por eso, les preocupa dejarme sola.

—¿Por?

—Desde que mi hermano Koji se fue a la Universidad de Kioto, mi mamá lamenta su ausencia —respondió Natsuki evadiendo la pregunta.

—Yo también iré a Kioto, aunque mi padre no lo apruebe.

—¿Y el dinero?

—Trabajaré de lo que sea.

—Entonces, ¿también te irás?

—Es eso o el ejército.

Natsuki se acercó al joven maestro para besarlo, él entreabrió los labios y recibió la humedad con olor a té de ella. Sus lenguas se enredaron y dejaron ir en un nudo ansioso y tierno, como serpientes hechizadas por el deseo.

El maestro levanta el libro de sus piernas. Abre la última página. Recuerda el final como si lo hubiera leído ayer, a pesar de no haberlo hecho en años. Y si empiezo con lo último, se dice, con la nostalgia del capitán y el peso de su pérdida. Extrañar todavía hoy el aliento a té de Natsuki le recuerda lo que duelen las ausencias, y el capitán no sólo había perdido a su mejor amigo, Kiliii Aktanka, también parte de su vida y el territorio virgen que recorrió por veinte años, ahora devastado por el progreso. Partiré de allí, se dice, Yoshikawa, partiré de allí, de la nostalgia, de cuando el capitán busca la tumba de su mejor amigo.

El maestro dibuja el plano abierto de un bosque talado y despojado de vida silvestre, con hectáreas de troncos apilados listos para el comercio y, en primer plano del lado derecho, un hombre de espaldas vestido con ropa militar, de pie donde debería seguir el sepulcro de su amigo. En lugar de eso sólo hay residuos de brea y manchones de cenizas de los incendios provocados por la promesa de la civilización y de una vida nueva.

Vladivostok. Invierno, 1938

A la celda de Ekaterina llega un aroma familiar. Está en su memoria aunque jura que viene del pasillo. Aspira fuerte. Saborea la comida que preparó su madre la primera vez que llevó al capitán para presentárselos. Nikoláyev iba prendado con su uniforme de gala, esmerado en demostrar que era, pese a su divorcio, un hombre serio. Llevó un ramillete de flores amarillas a la madre y un libro de sus viajes al padre.

El capitán se asomó al estudio del padre de Ekaterina, que estaba parado detrás de su escritorio mirando por la ventana.

—¿Me permite pasar? —preguntó Nikoláyev.

—Siéntese —dijo el padre de Ekaterina sin girarse y con el humo de la pipa flotando por encima de su cabeza.

El capitán se sentó al otro lado del escritorio y puso el libro sobre éste. De voz de Ekaterina sabía que sus padres eran profesores, personas poco adoctrinadas y con una mirada crítica de lo que sucedía en Rusia, en toda Europa.

—Platíqueme de sus viajes. Nos cuenta Ekaterina que ha llegado a zonas inhóspitas, pobladas por salvajes —dijo el padre volteándose hacia el capitán.

—La taiga es hospitalaria a su manera. Y he encontrado amistad y compañerismo entre esos salvajes. ¿Sabe? He visto el mismo salvajismo en el ejército y en el hombre civilizado. No me referiría a ellos como simples salvajes.

—Es usted militar. No se le olvide.

—Y por eso puedo decirlo.

—Mi esposa y yo no apoyamos el uso de la fuerza contra la gente.

—Créame que es uno de los beneficios de ser etnógrafo, cartógrafo y explorador. Pocas veces he tenido que vérmelas en la guerra.

—Y por eso nos agrada usted, Alekséi. No veo a mi hija casada con un soldado sin importar del rango que sea.

—¿Sabe que por eso estoy aquí? Vengo a pedir la mano de Ekaterina.

—Mi hija es una mujer adulta. Deberá pedírsela a ella, nosotros estaremos gustosos de apoyar su decisión.

Los disparos en el patio de la prisión rompen la evocación de Ekaterina. Se para de puntas sobre el catre y asoma la cara entre los barrotes. Sólo alcanza a ver un pedazo de concreto. Casi todos los días ejecutan a alguien, y aún no se acostumbra al estruendo de las municiones. Si pudiera salir, aunque sea por un momento, huiría a la costa. Añora el mar coloreado por el rojo del ocaso. Daría lo que fuera por ver una vez más el cuerno de la bahía, la luz del alba alumbrando las casas poco a poco, como si una mano invisible encendiera interruptores de uno en uno. Oír los buenos días de los pescadores mientras buscan el lugar que el sol ha dorado lo suficiente como para aguantar el frío. Casi puede verlos caminar sobre el hielo, en busca del mejor lugar para sentarse y hacer un agujero.

Ekaterina no sabe qué hora es, ni siquiera tiene forma de calcularlo; si no fuera por Dmitrii no estaría informada del día en que vive ni de las horas que pasan. En un principio intentó llevar la cuenta de sus días. A las semanas desistió. Perderse en la incertidumbre de pronto le pareció un bálsamo. Ignorar el tiempo que llevaba encerrada a la espera de juicio fue un vuelco a su favor. Pudo extraviarse en la lectura de los libros que el guardia le llevaba. Pudo, inclusive, tomar el sitio de sostén para otras reclusas. Todas querían hablar, todas tenían una historia que contar, y a nadie parecía importarle. Ekaterina tomó ese sitio y al escucharlas se escuchó a sí misma. El desamparo de ellas era su propio desamparo. Los ojos abiertos por la incredulidad que sentían de cara a sus destinos era la misma incredulidad de Ekaterina. Qué más podían hacer que escucharse unas a otras, qué más que ser el consuelo que hambreaban, la mano que sostiene otra mano en la mazmorra del mundo.

Ekaterina recuerda el sueño que tuvo Nastia un día antes de visitar la tumba de su padre. En éste caminaba perdida bajo el manto verde de un cielo enrarecido, fundido con un bosque del mismo color. Nastia estaba descalza pero no sentía pisar alguna superficie. Su silueta flotaba en un espacio verde sin arriba ni abajo. Desorientada buscó alguna señal, algún otro color que le hiciera salir de esa inanidad verde, algo que le devolviera la sensación de que existía suelo bajo sus pies y cielo sobre su cabeza. Lejos de allí, a unos metros de distancia, apareció un punto amarillo. Una abeja diminuta que destacaba en medio del todo verde. Nastia caminó hacia ella, pero cuando se acercó lo suficiente, descubrió un enjambre enfurecido detrás de ésta.

El capitán Alekséi Nikoláyev fue enterrado en un antiguo cementerio militar. Un lugar discreto y alejado de la atención de los lugareños. Ekaterina y Nastia visitaron la tumba con un ramo de flores blancas cada una, que depositaron sobre la lápida, sepulcro sencillo y austero. Nadie podría imaginar que ahí yacía alguien célebre.

—Nunca volveremos a verlo —dijo Ekaterina con voz ronca y un velo húmedo en los ojos. Nastia abrazó a su madre, y ella recargó la cabeza sobre el hombro de su hija.

Los restos del capitán serán removidos de lugar en la década de los cincuenta. Su esposa e hija jamás sabrán que hoy reposa como héroe de Vladivostok en un prestigioso cementerio militar. Tampoco conocerán las razones verdaderas por las cuales moverán el cuerpo. Sobre el terreno del antiguo cementerio se construirán nuevos edificios de departamentos y el cine Vympel. El hallazgo de la tumba sorprenderá a los encargados de la obra, que no sabrán qué hacer al leer el nombre en la lápida. Se quitarán las gorras en señal de respeto, uno de ellos, incluso, dirá que leyó *El nómada* de niño y lo conmovió hasta las lágrimas. Los obreros detendrán las excavadoras e irán corriendo por una autoridad del puerto. Las argumentaciones durarán horas, y terminarán cuando hayan conseguido el permiso para sacar el féretro y transportarlo al otro cementerio.

Es así que la tumba de Nikoláyev fue abierta dos veces. La primera, en 1937, para arrancarle las barras de sus condecoraciones. La segunda, en la década de los cincuenta, para añadir algo más a su mito. Según *El Lejano Oriente ruso: ensayos históricos* de Amir Khisamutdinov, cuando abrieron la tumba de Nikoláyev, una mariposa blanca salió aleteando de ésta. Difícil de creer, sí, pero existen documentos de organismos soviéticos que dan fe de ello. La leyenda de la mariposa blanca provocó una hilera de oficiales que, hasta la fecha, piden ser enterrados al lado del famoso capitán.

Avión. Invierno, 2019

Takumi se asoma por la ventana, abajo está el oleaje de partículas diminutas de hielo, el mar de nubes que asocia con el humo del tabaco. Qué ganas de fumarme un cigarro, se dice, de dar una calada honda y sostener el humo en los pulmones. Que Takumi nunca haya sido gran fumador no significa que en algún momento no le cogiera el gusto. Solía fumar por las noches, recostado en el barandal del balcón. El cigarro en la comisura de los labios te da un aire de James Dean asiático, le decía Kokoro. En ese entonces él tenía catorce años y ella, veinte. Takumi echa el último vistazo a las nubes antes de salir de su asiento. La mayoría de los pasajeros duermen. Estira las piernas mientras recuerda que fue el primero en la familia en saber que su hermana mayor tenía novia, y no novio. Se lo contó cuando le enseñó a fumar, a dar el golpe al cigarro como todo un profesional. A él no le sorprendió la noticia, tampoco le dio importancia.

Takumi fue apegado a su hermana mayor hasta que él entró a la universidad. No hizo muchos amigos en educación media. Al principio se esforzaba, luego aprendió a conformarse con tener un solo amigo del liceo y muchos en las redes sociales.

Allí se mostraba como un chico popular, siempre sonriente en las fotografías, sospechosamente solo en todas. Rápido se cansó de la vida digital, prefirió los libros a los videojuegos y las personas de carne y hueso por encima de las virtuales. Aprendió que ser solitario tenía sus ventajas. Así trataba con personas, y no con seres grotescos formados con cinco pares de ojos, diez brazos, diez piernas y cinco cabezas sin pensamiento propio. Dejó de querer pertenecer a una manada para pertenecerse a sí mismo. Desde que naces todos te hablan y te dicen quién ser, qué decir, qué hacer y qué pensar, le decía Kokoro, pero en algún momento tendrás que tener un pensamiento tuyo y decir una palabra propia, entonces te harás hombre.

Cuando Takumi terminaba de leer en el balcón de su recámara, se arrellanaba sobre el pasamanos a fumar y esperar a su hermana. Se comunicaban desde lejos con el encendedor. Si Takumi lo prendía y apagaba tres veces seguidas significaba que había gente en casa. Si lo apagaba y prendía una sola, era que el resto de la familia había salido. De este modo Kokoro entraba a sus anchas tomada de la mano de Gisela, su novia. Ellas se conocieron gracias a Enrique, que organizó una cita a ciegas en la Hemeroteca de la Universidad. Kokoro tiritaba sentada en el primer peldaño de la escalera donde acordaron verse. Era otoño. Estaba soleado pese al frío. Gisela llegó retrasada. Atravesó corriendo la vereda sin dejar de disculparse. Enrique llegó más tarde levantando grava con las llantas. Los primeros minutos fueron incómodos para los tres, pero tras un rato la conversación fluyó. El trío se hizo inseparable.

Sachiko sospechó que Gisela era más que amiga de su hija. ¿Cómo diferenciar a las amigas de las novias? Para no errar,

Sachiko alejaba a todas por igual, pero Gisela no se iba, a veces hasta se quedaba a dormir cuando se hacía tarde, en ocasiones porque perdía el transporte y otras porque a Kokoro le preocupaba que se fuera sola tan noche. Ciertas zonas del Estado de México, del país entero, son más peligrosas si eres mujer. Gisela vivía en una de éstas. Las explicaciones que Kokoro daba a Sachiko no eran suficientes. Pensaba haber perdido la rienda de sus hijos y que su familia ahora era un ente acéfalo que avanzaba en direcciones distintas, mientras se despedazaba.

Fumarse un cigarro con Kokoro, eso haría Takumi si pudiera. Volvería a hacerlo con tal de recrear aquella primera vez en que la atrapó con la bocanada de humo a medio camino. Él le pidió que le enseñara a fumar, y acostados en el piso del balcón, la hermana mayor lo adiestró a dar el golpe y a hacer una dona perfecta con el humo. Dona que conforme flotaba por encima de ellos, se fue deshilachando como el oleaje de nubes bajo el avión.

Tokio. Invierno, 1972

De joven Yoshikawa solía preguntarse cómo sería Natsuki si no hubiera muerto. La imaginaba con kilos de más o de menos. Aún joven o con los años dorados a punto de llegar a su puerta. Con el vientre prominente a la espera de la hija que tendrían juntos. Con tu belleza y nuestra inteligencia, le decía el maestro al oído, será un prodigio. Para él no era suficiente recordar a Natsuki como la última vez que la vio; sentada en la sala de la familia Matsudaira con la mirada fija en el piso y los brazos cruzados, estando sin estar.

En el casting de su ópera prima, el maestro buscó actrices que tuvieran los mismos rasgos de Natsuki. No halló ninguna. Prefirió dirigir a una actriz no profesional con quien entabló una relación breve. Si bien podía haber sido la gemela de Natsuki, no se trataba de ella, así que la relación no pasó de ser un malentendido.

A partir de que cumplió treinta, Yoshikawa olvidó su primer amor. El recuerdo se deslavó entre nuevas amantes, mujeres que nada tenían que ver con ella. El maestro ya no despertaba sobresaltado en la madrugada, llorando, ni juraba haberla visto cruzar la calle para alcanzar el tren en la estación Ōmagari. El flequillo entresacado, las calcetas enrolladas, su silencio, desaparecieron en las sábanas húmedas y los pasadizos enmarañados de la memoria. Sin embargo, de unos meses a la fecha, volvió a recordarla, y un atajo inesperado removió remanentes del pasado, el tipo de desviación que pone toda una vida frente a los ojos.

Las apariciones en la vida de Yoshikawa iniciaron durante el evento, así se refiere a su intento de suicidio. Nunca el día en que traté de quitarme la vida o mi momento de mayor desesperación, sólo el evento. Hikari insistió en que era algo de lo que deberían hablar. Jamás sucedió. El maestro siguió su vida como si el evento fuese otro eslabón, un peldaño más a pisar en una serie de enlaces que son comienzo y fin al mismo tiempo. En la vida no hay pausas, Hikari, todo es continuidad, decía. Las apariciones sucedían en sueños, pero de un tiempo acá, comenzó a tenerlas despierto. A veces soñaba partes de su niñez y adolescencia como si estuviera viendo el último corte de una de sus películas; otras, veía a su hermano mayor, Toshirō, cargando un regalo y sonriéndole desde una esquina de la biblioteca.

Toshirō Yoshikawa fue un *benshi* famoso en la época del cine mudo. Los *benshis* eran los narradores de las películas mudas. Leían los letreros de las cintas llegadas del extranjero y aderezaban la trama para contextualizar y añadir más emoción a las películas. Toshirō fue *benshi* de los buenos, tanto, que en la cúspide de su carrera se le comparó con Somei Saburo y hasta con Musei Tokugawa, el mejor *benshi* en la historia de Japón a decir de la crítica. A finales de la década de los veinte,

Toshirō se volvió una celebridad pública, y se gastaba todo el dinero en regalos para su familia y en alcohol. No ahorraba. La única pobreza que le preocupaba era la del alma. Para cuando el sonido llegó al cine, el hermano mayor del maestro había dilapidado todo su dinero. Nunca pensó que podría quedarse sin empleo; y en el momento que eso sucedió, se obsesionó más con *La última línea*, la novela de Artsybashev. Entonces Toshirō comenzó a beber en exceso y a releer partes del libro en los tugurios que acostumbraba.

Cuando el joven maestro avisaba a su hermano mayor que su padre, Heigo *sensei*, había salido de viaje, Toshirō visitaba a su madre y hermanos. Los más pequeños, sorprendidos con su presencia, hacían alharaca al verlo copado de regalos en la puerta de la cocina. Yoshikawa fingía la misma sorpresa que ellos. Repartir obsequios entre sus pequeños hermanos, mientras les decía alguna frase cariñosa, atemperaba el cansancio que la vida a veces provocaba a Toshirō. Somos extraños entre nosotros, decía parafraseando *La última línea*, no sabemos consolarnos ni amarnos, estamos solos y cada uno es infeliz sin poder compartir su desgracia.

Quien conocía a Toshirō Yoshikawa pensaba que era un joven alegre; pero a solas tenía otra cara, la de una melancolía primitiva. Toshirō repartía todos los regalos a cada hermano y hermana, la última en recibir el suyo era Namiko, madre de los Yoshikawa, que lo recibía sin emoción y sin pronunciar palabra. Más tarde escondía el regalo sin abrir en la parte más alta de la alacena. Así Namiko cumplía las órdenes que el padre de los Yoshikawa puso a la familia; una de éstas era no hablar con Toshirō, ni aceptar nada de él, por deshonrar su apellido trabajando en el ambiente teatral. Cada que Namiko abría la alacena, Toshirō descubría los regalos que había llevado a su madre con la envoltura intacta y sin abrir.

Toshirō Yoshikawa se colgó a los veintisiete años de una viga en la buhardilla que alquilaba. Su cuerpo fue encontrado por el maestro cuando tenía dieciocho años. A los pies de Toshirō había una botella de whisky vacía y una nota dirigida al maestro.

Querido Akimitsu, el corazón humano es insondable. Tiene una oscuridad interior a la que nadie llega. Sólo se intuye tras la mirada que se desvía al ser descubierta por otra mirada. Basta un segundo para reconocer qué tan profundo es el pozo que oculta. Nunca digas que no amé, sólo di que no pude seguir amando. Soy sangre, sí, también bilis negra. Tu hermano que te adora, Toshirō.

Si no era Toshirō quien se aparecía ante el maestro, era su primer amor, Natsuki; por ejemplo, en este momento Yoshikawa la descubre recostada sobre el lomo de uno de los osos polares del jardín. Está vestida con la misma falda del colegio que llevaba aquel día en el estanque. Yoshikawa recorre el ventanal para ir a su encuentro. Él viste un pantalón de mezclilla con camiseta blanca y un suéter gris delgado, calza suecos con calcetines sin importar aquella vieja prohibición de Heigo *sensei*. El maestro está ligero de ropa porque el estudio es caliente. Sale sin reparar en el frío, sin mayor abrigo que lo que lleva puesto, y deja los suecos a la puerta del jardín.

—Natsuki, ¿eres tú? —murmura mientras se acerca estremecido de sólo sentir en su lengua ese nombre, Natsuki. Ella sonríe de la misma forma que lo hizo al descubrirlo, mientras la espiaba desde el árbol.

—Akimitsu, ¿qué haces? —dice Hikari parada en la puerta que da al jardín.

La señorita toma la manta del diván donde acostumbraba leer en las ausencias del maestro, y corre al jardín para cubrirlo con la prenda y su propio cuerpo. El contacto despierta al maestro de la ensoñación. Tiembla y sus dientes rechinan en una mueca dolorosa.

—La vi.

—Allí no hay nadie.

—Era ella.

—¿Quién?

—Ella.

Yoshikawa cae en cuenta que dice locuras. Aprieta la manta con sus manos para resguardarse del frío y del invierno interior, las partidas a destiempo de Natsuki y Toshirō, sus grandes amores.

—¿Quién estaba afuera?

—Natsuki... Natsuki Matsudaira.

—¿Quién?

—Natsuki, mi vecina, la hija del señor Kinnosuke Matsudaira.

—¿Quién es Natsuki Matsudaira?

—Nadie.

—Uno no sale a la intemperie sin cubrirse por nadie. ¿Quién es?

—No sé en qué estaba pensando.

—Akimitsu, has estado distinto.

—No es nada… la presión de la película.

Hikari sirve una taza de té para ayudar a Yoshikawa a entrar en calor.

—¿Cuándo empiezan a filmar?

—Aún no sé.

—No quiero que te martirices por el tiempo perdido.

—Tienes razón.

—Sólo quiero darte claridad.

—A veces es lo que menos necesito.

—Y cuando estás en medio del caos es lo único que pides.

Yoshikawa bebe otro sorbo de té. Se recuesta en el sofá al lado de la señorita Hikari. Abre nuevamente *El nómada* del capitán Nikoláyev. Esta última lectura es más una sesión de notas con subrayados de subrayados. Resaltan los distintos colores que utilizó en las diversas etapas de su vida. No tiene claro cuál color corresponde a tal edad, pero está seguro de que las líneas chuecas hechas a lápiz pertenecen a la primera lectura. Recuerda la novela, lo que sintió al leerla en aquel momento tirado en el pasto de su casa, de espaldas al cielo y con los pies inquietos removiendo la hierba. Sentía emoción cada que el capitán y su amigo, el indígena nómada, enfrentaban una nueva aventura en la que no dudaban en dar la vida uno por otro. Conmovido, el pequeño maestro leyó varias veces sobre la amistad de Kiliii Aktanka y el capitán Nikoláyev, y deseó encontrar en su vida un afecto similar.

—Cuando trabajé de segundo asistente del maestro Takahashi en los estudios Tōhō, quise filmar la historia del capitán y su amigo nómada. Jamás tuve una amistad así.

—Yo soy tu amistad así.

—Tu eres mi mujer, es diferente, lo que hacemos uno por el otro es por amor, es porque nos amamos —dice el maestro mientras coloca la taza sobre la charola del servicio.

Yoshikawa se acomoda frente a la máquina de escribir. Hikari recorre con curiosidad el estudio antes de abandonarlo. Se detiene en la puerta queriendo ver en el jardín aquello que vio el maestro.

Yoshikawa presiona con dureza la máquina de escribir y el estruendo de las teclas envuelve el estudio. La señorita ve en el jardín una grulla pavoneándose por la nieve. Está lejos de su hogar en la isla de Hokkaido, piensa Hikari al admirar el plumaje negro con blanco y la cresta roja salpicada de nieve. Siente deseos de acariciar el ave. ¿Será eso lo que vio el maestro? Hikari abre el ventanal del jardín, pero la grulla ha desaparecido. Escucha un aleteo a lo lejos, lento y pesado, como el ritmo cardiaco del maestro.

Vladivostok. Invierno, 1938

Ekaterina piensa la muerte como el lugar donde las miradas se apagan con la inmediatez que se sopla un cerillo. Le estremece la imagen de sí como una nada permanente. En medio de su desamparo aparece el rostro de Nikoláyev, su cara afilada y pomulosa. La nariz grande y delgada asomada hacia la comisura central de la boca, igual que la garra de un águila en plena cacería, y sus labios delgados y torcidos en un mohín que significaba que algo traía entre manos. Lo que más le gustaba a Ekaterina de él eran sus ojos. Grandes y redondas esferas azules, profundas y oscuras como el mar de Japón. Era un hombre hermoso, mas no en el sentido pueril de la belleza, sino en su carácter. Ekaterina cierra los ojos y echa la cabeza hacia atrás. Recrea una típica mañana con el capitán. Están en casa. Ella le llama desde el primer escalón a la segunda planta. Está servido, dice. Las ventanas vierten la tibieza del sol sobre el piso de madera. Afuera, el pequeño jardín tiene las paredes tapizadas de musgo. Nikoláyev baja preparando sus dedos para tocar el pesado piano en el cuarto de estar, ese en el que recibían visitas. Retira la mantilla de tira bordada con la que está cubierto, y toca una y otra tecla sin seguir alguna melodía.

Ekaterina de niña también tomó clases de piano. Sus manos pequeñas y dedos perezosos sólo fingían estirarse hacia las teclas, cuando en realidad se quedaban allí, sin esforzarse. Nunca le importó el piano. Le gustaban más los planos, la geografía y la astronomía. Si tocaba, tocaba para ella, para sacarse de la cabeza el bullicio diario que no le permitía escucharse a sí misma. También para jugar con Nastia, que bailaba al compás de la música sin notar los errores cometidos por su madre al interpretar tal o cual pieza. ¿Acaso no he sido feliz?, se pregunta Ekaterina. Recuerda sus días de profesora y el genuino afecto que sentían sus alumnas por ella. Fue mentora de varias que, al igual que Ekaterina a esa edad, no pensaban en matrimonio. Siente orgullo de sí. De eso se trataba, se dice, no del tiempo que llegaría a vivir sino de cómo lo viviría. Sonríe como si tuviera la vida por delante y el horizonte de planes a cumplir se abriera por primera vez; aunque sabe que su final está cerca y que el agente Lébedev, segundo etnógrafo en la expedición del capitán Nikoláyev a Sijoté-Alín, finalmente tendrá su venganza.

El agente secreto Sergei Lébedev estudió etnografía en la Universidad de San Petersburgo. Se hizo explorador en la época de estudiante, y con los viajes empezó su leyenda. Le gustaba andar armado, no daba un paso si no llevaba una pistola asida al cuerpo. El etnógrafo con pistola, así lo apodaron en Vladivostok desde su regreso de Mongolia, donde fue asistente del líder y primer etnógrafo Yelisei Lipskii. Tras esa excursión nunca más viajarían juntos ni volverían a dirigirse la palabra. Según contaron sus alumnos, Lébedev y Lipskii se odiaban.

En la expedición a Mongolia, los etnógrafos recopilaron pocos datos, y ninguno de éstos era concluyente. Ambos estaban frustrados. Hacia el final del trayecto tomaban un descanso al pie de la cuesta, cuando Lipskii se irguió para observar a los indígenas.

—Ha sido tiempo perdido —dijo a Lébedev, mientras miraba una vez más por los prismáticos—, tanto trabajo para nada —añadió mientras se ponía de pie para dar el último vistazo—. Algunas veces es así, si no encontramos un cráneo, el trabajo es difícil de comprobar —continuó el viejo Lipskii, en lo que pensó sería otra lección para su joven asistente.

Todo lo contrario. Lébedev se levantó como jalado por un muelle, y caminó directamente hacia un indígena que se había alejado del resto. Una vez cerca, desenfundó la pistola y le disparó en el pecho. El nativo cayó al suelo. Sangraba a borbotones por la boca y se ahogaba con su propia sangre. Lébedev se hincó al lado de él, le abrió la camisa para no errar nuevamente, y colocó el cañón, aún ardiendo, justo a la altura del corazón. Disparó por segunda vez.

—Eso ya no será problema —gritó Lébedev a Lipskii—, aquí tienes tu cráneo.

Lébedev guardó su arma y se dirigió a la charca de agua sin voltear atrás. Se limpió la sangre salpicada en la cara y las manos.

—¿Nos llevamos el cuerpo o quieres sólo la cabeza? —preguntó mientras regresaba al pie de la cuesta.

Cuando Lébedev supo que la expedición a Sijoté-Alín no le sería asignada, se puso a disposición de Nikoláyev. Lébedev lo invitó a almorzar para convencerlo de lo que podría aportar a esta nueva aventura. En realidad sentía envidia, pero fingió entusiasmo durante todo el almuerzo. Pensaba en sus años de etnógrafo renombrado y no entendía cómo el capitán, siendo varios años menor a él, le había aventajado en las expediciones. Nikoláyev aceptó que Lébedev lo asistiera en el viaje, pero pagó su parte de la cuenta con la corazonada de haber cometido un error, enojado consigo mismo por haber cedido ante las canas de Lébedev y su fingida admiración por la carrera meteórica del capitán.

Nikoláyev no se equivocó. A las pocas semanas de haber partido a Sijoté-Alín se enfrentaron a punta de pistola. Bastó un error de comprensión con el guía, Kiliii Aktanka, para despertar la ira de Lébedev, quien inmediatamente desenfundó la pistola y apuntó al indígena en medio de los ojos.

—No toleraré su falta de respeto —le dijo al nativo.

—Baje el arma —intervino Nikoláyev apuntando a Lébedev a la sien.

—No se meta.

—Que baje el arma.

—Oblígueme.

—No permitiré un asesinato en mi expedición.

—Ya no es su expedición.

—No me provoque.

—Usted era un muchachito cuando yo ya recorría estas tierras.

—Por última vez, baje el arma —dijo Nikoláyev, al amartillar su pistola.

Al escuchar el percutor, Lébedev supo que el capitán estaba decidido a disparar y, por primera vez en mucho tiempo, sintió una gota de sudor frío resbalar por la nuca. Había olvidado lo que era sentir miedo; las palpitaciones aceleradas, el temblor en las piernas, el sudor frío, la masa de saliva atorada en la garganta.

—Está bien, no dispare.

—Entonces baje el arma.

—Sí, pero, por favor, no dispare —dijo al bajar la pistola y ser desarmado por un oficial subalterno.

—Su arma será decomisada —advirtió Nikoláyev al guardar la propia—, y se le devolverá de regreso a Vladivostok.

Lébedev fue desplazado del lugar del tirano a la fragilidad del niño. En él apareció una oquedad ciega que, a fuerza de no ver, inventaba derredores. De este modo falseó lo ocurrido y susurró otra historia, una en la cual él, Lébedev, era la víctima. De regreso a Vladivostok, se marcó con un cuchillo de eviscerar ciervos en el lugar exacto donde Nikoláyev le apuntó. Allí quedó una cicatriz rencorosa en forma de cruz como recuerdo del oprobio. Se la hizo para no olvidar al hombre que le recordó su fragilidad, a quien tuvo que suplicar por su vida. La marca caló más allá de la piel. Formó una hondonada que siguió enterrándose cada que la oquedad narraba un pretexto distinto que lo excusaba. Y mientras más escuchaba Lébedev a la oquedad, más se hundió la marca, hasta ocultar lo sucedido dentro de una mentira.

El agente Lébedev salió al patio con el torso desnudo bajo la ventisca, que salpicaba de hojuelas blancas los vellos oscuros de su pecho. Todavía no se ponía el sol y las nubes se arrebujaban unas contra otras como sábanas arrugadas. Conforme el sol se escondía, el paño negro del cielo fue cubriendo lentamente todo a su paso. Primero el mar en la bahía del Cuerno de oro, donde la línea del horizonte se distingue del océano por un pliegue, luego los árboles de casa de Lébedev, finalmente, su torso desnudo a la intemperie.

Iniciaba la tiniebla.

Avión. Invierno, 2019

La tiniebla apenas comienza para Takumi, lo cubrirá por completo cuando llegue a la Ciudad de México; por ahora hará escala en París. Debe esperar casi quince horas en el aeropuerto para hacer conexión. Por fortuna, siempre viaja con un libro. Intenta leer *La última línea* de Artsybashev, la lectura que acababa de iniciar antes de saber lo que pasó a su hermana. No ha caído en cuenta de que no es una novela propia para el estado en el cual se encuentra. En esa novela sólo hay nihilismo. No hay creencia en nada, ni en dios ni en el diablo ni en la humanidad. No hay amor a la vida, a la naturaleza o a nuestra especie. Todo afecto o motor es sólo temor al final, es decir, a la muerte. Para el autor, el único sentido de la vida que puede tener el ser humano es el de supervivencia, cualquier otro es una fachada.

Amir regaló la novela a Takumi, cuando le sugirió revisar la adaptación cinematográfica que hizo Akimitsu Yoshikawa de *El nómada*. El mejor trabajo es producto de la obsesión, le dijo Amir. Desde luego Takumi conocía la película, pero había restringido la investigación de su tesis a las fuentes primarias, diarios, cartas, testimonios y publicaciones sobre el tema, lo esperado en una pesquisa histórica. Ahora bien, Amir creía en expandir el radio a la experiencia propia. Si piensas en la historia como un relato subjetivo, decía, ¿no nos conviene más estar conscientes de que eso hacemos?

Amir y Takumi vieron juntos una retrospectiva de la obra de Yoshikawa; en ésta, por supuesto, programaron *El nómada*. Durante toda la semana que duró la muestra, profesor y alumno cerraban las tardes con una sesión de tragos en el centro de la ciudad. De esta manera Takumi supo de la existencia de Toshirō Yoshikawa y de su suicidio a los veintisiete años. Pudo haber iniciado ese club, el de los veintisiete, sin siquiera saber lo que era, dijo Takumi. Amir mencionó a un miembro ruso de dicho club, Alexander Bashlachóv, y luego invitó a Takumi a su casa a escuchar música del poeta. Allí hablaron de la vida, de la niñez de ambos, de la influencia de los hermanos mayores y la orfandad que dejan cuando desaparecen o, simplemente, cuando uno crece, y deja de considerarlos dueños de un poder especial del que los hermanos menores carecen.

Takumi leyó *La última línea* con distancia y prudencia. Sus depresiones le hicieron pensar algunas veces en el suicidio. Él, al igual que Toshirō, al igual que Artsybashev, al igual que Naúmov, personaje de la novela, creía en el suicidio como un acto de libertad y amor propio. Si la vida es dolor para uno y no es un bien para nadie, se decía entre dientes, está permitido librarse de ella. Pero Amir, a pesar de que amaba esa novela, no coincidía con una visión tan pesimista; para él, el recorrido hacia el final de la vida podía ser significativo, si sabes escuchar a los otros.

Junto con *La última línea*, Amir le regaló a Takumi una reproducción fiel de la carta que Ekaterina Nikoláyeva escribió a su custodio, un sujeto de nombre Dmitrii del cual nunca se supo su apellido. La misiva, de puño y letra de Ekaterina, conmovió tanto a Takumi, que la mandó a enmarcar para colgarla en la pared al lado de su cama. En ocasiones, cuando se siente solo, basta con leer esas palabras unas cuantas veces para ahuyentar el desamparo.

Takumi deja de leer la novela de Artsybashev y la guarda en su *backpack*. El avión ha iniciado el descenso hacia el llano con luces que delimita la pista de aterrizaje. Takumi asegura la mesa en el respaldo del asiento delantero y luego endereza el respaldo del suyo. Cierra los ojos al sentir que el estómago se sale de lugar por la turbulencia del avión.

Tokio. Primavera, 1973

Yoshikawa duerme de cara a la ventana. En la rama del árbol se posa un gorrión que silba una melodía dulce. Es una tarde helada y luminosa de marzo en la que el maestro no quiere levantarse. Se obliga a hacerlo. Jala su bata color verde olivo que arrojó encima de la lámpara del buró. Hay ropa tirada por la alfombra, alguna de él, otra de Hikari. Yoshikawa mira el perchero de la pared, y se hace una historia acerca de la vida inútil de una percha en la cual nadie cuelga nada, y muere de inanición a falta de prendas. Hikari entra con un par de whiskys y el periódico bajo el brazo. Viste una bata larga abierta, que con el movimiento permite ver su desnudez. Con la llegada de la señorita también llegó la segunda adolescencia del maestro. Había relajado sus demandas de orden, de horarios y de costumbres inviolables. Hikari toma el periódico aprisionado bajo el brazo y lo desliza sobre la cama.

—¿Y eso?

—Prométeme que lo tomarás con serenidad.

—Imposible.

—Tú haces tu trabajo y ellos, el suyo.

—No me importan las críticas malas, sino la ofensa, la saña, el gozo de destruir a alguien.

—Todos somos vulnerables al juicio de los demás.

—Sé que he sido duro cuando dirijo, pero jamás disfruté humillando a nadie.

Yoshikawa levanta el diario y lee en un rezo doloroso. Repite en silencio el encabezado antes de arrugar el periódico y arrojarlo al piso. Finge no darle importancia a lo que dice allí, si bien su semblante se descompone. El artículo habla sobre el esperado regreso del maestro a los sets de filmación, pero pone en duda el resurgimiento de su carrera. También juzga un error haber seleccionado *El nómada* del capitán Alekséi Nikoláyev, cuando pudo elegir cualquier joya de la literatura rusa. ¿Por qué decidirse por una novela popular y sin valor para la crítica literaria? No era la primera objeción que el maestro recibía, su amigo, Oléntiev, director de Mosfilm, dudó también de la elección.

—¿Estás seguro, Akimitsu?

—Sí.

—¿*El nómada*?

—Sí.

—Pero el capitán Nikoláyev ni siquiera era escritor. Era un explorador, un militar, ¡por dios, llevaba un diario de viajes!

—*El nómada* es una novela.

—Y muy menor. Sabes que la decisión es mía y que siempre te apoyaré, pero tienes que estar seguro.

Frente al maestro estaba este hombre viejo, con más años que él, a quien el tiempo aún no doblaba, y seguía erguido con la columna de un joven. Sus pequeños ojos curiosos y verdes, hundidos como los botones con copetón de un sofá, escudriñaban a Yoshikawa para tratar de adivinar a qué se debía su elección. La mirada verde de Oléntiev llevó al maestro a una zona de recuerdos que hacía años no visitaba. La del director joven y arrogante en la cúspide de sus glorias, que rechazaba trabajo tras trabajo porque no hacía obras por encargo. Cuántas veces Oléntiev no lo invitó a Moscú para que diera un curso, y siempre se rehusaba, no tengo tiempo, decía. Y la de veces que Oléntiev estuvo en Tokio, y el maestro jamás hizo un espacio en su agenda para verlo; estoy en post, discúlpame, dijo en repetidas ocasiones. Sin embargo, hoy está ahí, y es el único amigo que le ha tendido una mano en su desgracia.

—Tú eres mi amistad así —se dice Yoshikawa casi entre dientes.

—¿De qué hablas?

—De nada, yo me entiendo —contesta al darle una palmada en el hombro.

Yoshikawa sabe que *El nómada* es una novela sencilla de aventuras. En contraste a la lectura intelectual de la época, el libro de Nikoláyev era considerado un folletín; ahora bien, el maestro reparó en algo más que las simples peripecias. Para él se trataba de una historia sobre la hospitalidad, sobre el amparo desinteresado entre extraños, sobre la amistad surgida de forma inesperada entre dos personas opuestas y con poco en común entre ellas. Al entenderlo así perdió interés en las leyendas épicas, en las novelas de cosacos invadiendo Polonia, en las historias románticas marcadas por la tragedia.

—Hay interés en la película —dice Hikari recogiendo el periódico del suelo.

—Interés en verme fracasar.

—Tienes que ir con los rusos.

—Que esperen.

—Por favor.

—No quiero.

—No puedes vivir encerrado eternamente.

—Quisiste vivir conmigo, soy un caracol negado a salir del caparazón.

El vapor del agua empaña los espejos del baño, Yoshikawa no alcanza a ver su reflejo, intenta secar las gotas de agua con la toalla de manos. Aunque la luna del espejo está opaca, Yoshikawa distingue su silueta de hombre mayor. Se sabe viejo. Es imposible ignorar su propia imagen. Entonces, ¿por qué de repente tiene este brío de joven apasionado? ¿Por qué siente que le espera una vida por delante a sus sesenta y pico de años? El maestro ensarta los dedos en su melena blanca. Tiene el cabello más largo de lo acostumbrado. Saca las tijeras del cajón de la cómoda.

—¿Me ayudas a cortarme el cabello?

Hikari se asoma detrás de la cortina de baño, y piensa que le gusta más el maestro con cabello largo, así tiene un aire jovial que lo aleja del prototipo del hombre maduro.

—Te da una apariencia rebelde.

—Ya estoy viejo para ser rebelde.

—Nunca se es lo suficientemente mayor para eso.

La señorita Hikari enrolla una toalla en la cabeza, y sale de la regadera envuelta en otra, a su paso deja un camino de gotas de agua tras de sí, persiguiéndola por dondequiera que pisa.

—Siéntate.

Yoshikawa coloca una silla frente al lavabo. La señorita toma las tijeras y, antes de cortar las puntas, mide el largo del cabello en ambos lados de la cabeza.

—Para varias culturas antiguas la fuerza del héroe se oculta en el cabello —dice Hikari.

—Y los héroes de esas culturas siempre terminan empujando ruecas o aplastados por palacios o ciegos o muertos a manos de su mujer.

—Sí, todos víctimas de sus mujeres —dice Hikari sonriendo.

Los restos de cabello de Yoshikawa caen alrededor de la silla. Forman montones de pequeñas plumas blancas. Hikari corta el cabello con paciencia, y sin dejar de observar al maestro por el espejo, le acaricia la mejilla a cada tanto que cae un mechón sobre el mosaico.

—Aféitate —le dice antes de abandonar el baño.

Nadie hubiera podido imaginar a Yoshikawa siendo dócil con una mujer; tan acostumbrado estaba a exigir, a ordenar, a que cumplieran cada uno de sus mandatos. Se rumoraba que podía pedir que tintaran un lago porque su color natural rompía la composición del cuadro; o que revirtieran el flujo del río que no permitía terminar la toma; o que quitaran el tejado de la casa que arruinaba la secuencia tal y como la había imaginado. Algunos todavía le dicen *tennō* a sus espaldas: autoritario y veleidoso como un emperador. Quién lo viera así de inseguro, escudriñando la incipiente barba cana que lo hace ver desaliñado.

El maestro abre la llave y llena el lavabo a la mitad con agua caliente. Frota el jabón formando espuma necesaria que unta en mentón y mejillas. Hace gestos absurdos para evitar que algún pelo prófugo esquive la guillotina. Rasura al ras, y el pelo cae al lavabo sin resistirse, como una estampida de criaturas blancas rodando por un despeñadero. La señorita irrumpe en el baño ya vestida, y se para frente al espejo al lado del maestro. Hikari pinta sus labios de rojo, entre más pálido el rostro, más encendido es el color de su labial. Cepilla su cabello lacio y geométrico que cae sobre los hombros, igual que una cortina de metal sobre el concreto.

—¿Listo? —pregunta Hikari mientras alisa su vestido.

—Sí.

Yoshikawa y Hikari sonríen al verse uno al otro enfundados en ropa de gala. No están hechos para la vida nocturna y los compromisos sociales. Salen de casa dejándola a oscuras. Los osos polares se derritieron y dieron paso a los cuervos perfilados por las ramas de los árboles. Sin más que hablar, el maestro enciende el coche rumbo al hotel New Otani, donde se decidirán los términos de producción con Mosfilm.

Una lluvia suave cae sobre el parabrisas. No es buena señal, piensa Yoshikawa a punto de caer en la avalancha de postergaciones. Y si me retracto, se dice, puedo seguir viviendo sin rodar otra película; dirigí varias que son muestra de mi talento, y no debería ser juzgado por una sola. Y si mejor choco, piensa, tendría un pretexto perdonable para no llegar a la reunión.

Distraído por sus pensamientos, el maestro se pasa el semáforo en rojo, pero en el cruce de las calles no viene otro coche. Mala suerte para él. Tendrá que asistir a la reunión así sea a regañadientes. Todavía no lo sabe, pero en el New Otani recobrará la confianza de antes, y la productora accederá a cada condición impuesta por el *tennō*.

Vladivostok. Invierno, 1938

—Acusada Nikoláyeva, ¿qué relación tenía usted con el capitán Alekséi Nikoláyev? —pregunta el presidente de la Corte.

—Era mi esposo.

—¿Formaba usted parte de la red de espionaje comandada por su esposo?

—El capitán Nikoláyev nunca formó parte de ninguna red de espionaje.

—¿Qué relación tenía usted con los traidores?

—No conozco a ningún traidor.

—¿Cuándo empezó usted a espiar para los japoneses?

—Nunca he espiado para nadie.

—¿Cuándo empezó su esposo, el capitán Alekséi Nikoláyev, a realizar espionaje para los japoneses?

—Mi esposo, el capitán Alekséi Nikoláyev, jamás espió para los japoneses ni para nadie.

—¿Conocía usted al cónsul Kitarō Nishida?

—Sí.

—¿Qué relación tenía con su esposo?

—Era amigo de la familia.

—¿Realizaron actos de espionaje para el cónsul Nishida?

—No.

—¿Quiénes más formaban parte de esa red de espionaje?

—Nunca existió una red de espionaje.

—Acusada Nikoláyeva, ¿no es cierto que ustedes visitaban a Kitarō Nishida en su casa?

—Sí, es cierto.

—¿Cuál era el motivo de esas visitas?

—Eran visitas sociales.

El agente Lébedev está sentado hasta adelante. Da una calada honda al cigarro a medio terminar, y mira a Ekaterina a los ojos, pero ella no lo ve, tiene la atención fugada por encima de la cabeza de él. Sabe que está ahí. Lo reconoció por la espalda al entrar al tribunal, pero desde que tomó asiento en el estrado ha ignorado su presencia.

Puede ser que dentro de poco Ekaterina se convierta en nada, pero Lébedev es una nada en vida, incapaz de sentir algo genuino por nadie, entrampado en sí mismo y la vacuidad que lo carcome.

Todo cambió para Lébedev cuando él y Nikoláyev regresaron de la expedición a Sijoté-Alín. En la sociedad de etnografía nunca lo volvieron a recibir con la misma deferencia. Ya no le temían a sus arranques y su crueldad era vista con desprecio.

Lébedev rumiaba en las tabernas mientras planeaba cómo desquitarse de Nikoláyev por haberlo avergonzado, por preferir la amistad de un indígena analfabeta a la de un hombre blanco de su misma estatura social e intelectual. No había mayor afrenta para Lébedev que encontrarse al indígena caminando por las calles de Vladivostok como si fuera uno de ellos, un hombre civilizado.

El cigarro se consume entre las manos de Lébedev sin que se dé cuenta, y las brasas de la colilla queman sus dedos, por reflejo lo deja caer al piso.

—Acusada Nikoláyeva, ¿sabe dónde está el cónsul Kitarō Nishida?

—No.

—Huyó del país.

—Llevo más de un año encerrada. ¿Cómo supone que yo lo sepa, señor juez?

—¿Quién ayudó al cónsul Nishida a salir del país?

—No sé.

—Si dice los nombres de quienes le ayudaron a escapar, usted podrá pedir perdón a la corte.

—No lo sé.

—¿Quiénes más formaban parte de la red de espionaje del capitán Alekséi Nikoláyev?

—Nunca existió ninguna red de espionaje.

—Acusada Nikoláyeva, ¿quién ayudó al cónsul Kitarō Nishida a salir de la Unión Soviética?

—No lo sé.

—Acusada Nikoláyeva, ¿cuándo empezó usted a espiar para los japoneses?

—Nunca espié para los japoneses.

—Después de la muerte del capitán Nikoláyev, ¿quién de ustedes quedó a cargo de la red de espionaje en contra del gobierno del pueblo?

—Nunca existió red alguna de espionaje.

—¿Qué relación tenía usted y el capitán Nikoláyev con el cónsul Kitarō Nishida y las demás personas del consulado que aparecen en esta fotografía?

—Amistad.

Dmitrii cubría el turno de noche cuando Ekaterina llegó a la prisión femenil. Conversaban por horas sin que nadie los vigilara. Ella le contaba sobre los viajes del capitán, que eran ya toda una leyenda. El guardia la oía deseoso de haber sido expedicionario. Aunque había leído *El nómada*, le gustaba escuchar de voz de Ekaterina la historia del tigre que asedió a la tropa en la travesía a lo largo del río Amur; las veces que el destacamento estuvo a punto de morir congelado; el momento en que Kiliii Aktanka salvó la vida del capitán, sin importarle poner en riesgo la propia; los últimos días del indígena como huésped en casa de los Nikoláyev, cuando estaba perdiendo la vista y ya no podía valerse por sí mismo.

—Acusada Nikoláyeva, ¿quién ayudó a salir de la Unión Soviética al cónsul Kitarō Nishida?

—No sé.

—¿Quién ayudó a escapar a Chihiro Nakahara?

—No lo sé —responde aliviada al saber que la asistente de Nishida también logró salir de Vladivostok.

—¿Quiénes más formaban parte de la red de espionaje del capitán Alekséi Nikoláyev?

—Nunca existió red alguna de espionaje.

De regreso a la prisión, ya con la fotografía del capitán en su poder, Dmitrii le preguntó a Ekaterina qué más podría hacer por ella. Tras meditarlo un momento, entendió que el favor que venía a su mente pondría en peligro la vida del guardia.

Quienes defendían al capitán del cargo de traición, tarde o temprano, terminaban siendo investigados por el mismo motivo. El teniente Vasíliev había sido ejecutado seis meses atrás. Dmitrii insistió en que quería hacer algo más por ella, de tal modo que Ekaterina le pidió acompañarla durante el juicio y la ejecución. Lo último que quiero ver antes de morir es una mirada de afecto, le dijo. Justo ahora Ekaterina y Dmitrii cruzan discretamente sus miradas en el tribunal, y las preguntas monótonas del inquisidor caen inermes como gotas de lluvia sobre un impermeable nuevo.

París. Invierno, 2019

Takumi recorre el aeropuerto entre el ir y venir de personas que conectan vuelo. Tanto tiempo varado, piensa para disfrazar de fastidio su desasosiego. Ve la hora en el celular, aún falta mucho. En el avión había logrado cierto confort, y encontrarse en salas de espera de buenas a primeras lo pone ansioso. Podría acostumbrarme a vivir aquí, se dice, y luego proyecta en su cabeza distintos escenarios. En uno de ellos pierde el vuelo a México, y queda varado en el aeropuerto por tiempo indefinido. Si esto ocurriera, su madre y hermanas entenderían la ausencia de Takumi en la sala de terapia intensiva o en la ceremonia fúnebre de Kokoro. No puedo llegar, mamá, se trata de una causa de fuerza mayor, diría por teléfono. En vez de volver a México podría ir a Tokio e inventar que nació en Japón. Allí se confundiría entre la multitud mientras deambula por el centro del barrio Koishikawa. Se imagina a sí mismo sin hablar una palabra de español y sonriendo a los ancianos que pasearían a su lado. Hola, soy Takumi Kobayashi, les diría en japonés, el nieto de Uesuka Kobayashi. Y en tal caso le darían la bienvenida y lo agasajarían con una comida por ser el nieto de Uesuka.

Takumi distingue a la sobrecargo amable entre el barullo de gente. No quiere estar solo, menos ahora que no sabe qué hacer consigo y que se siente un cascarón movido por inercia. La sobrecargo aparece y desaparece entre las espaldas de pasajeros que se juntan y separan en el río de gente. Señorita, dice Takumi, mientras se recrimina por no haberle preguntado su nombre, señorita, insiste al acercarse. Te estaba esperando, responde ella al darse la vuelta.

El nombre de la sobrecargo es Gabrielle, se lo dijo a Takumi en el taxi rumbo a su casa en Roissy, una vivienda pequeña y acogedora de dos pisos y tejas de agua. Gabrielle vive allí desde la muerte de su esposo y su hijo el 7 de julio de 2005 en Londres. En aquel tiempo ella tenía cuarenta años y estaba agradecida con la vida. ¿Podría haber sido más feliz?, se preguntaba, para luego negar con la cabeza. Gabrielle regresó a París con lo que quedó de ellos, e hizo todo lo que le dijeron que hiciera para seguir con su vida. Leyó un libro sobre el duelo que le recomendó una amiga, pero en nada le ayudó conocer las fases de éste. Viajó con sus primas a Italia, y poco le impresionaron las ruinas y las esculturas, sólo se estremeció frente a *La Piedad* de Miguel Ángel, porque se vio a sí misma cargando pedazos de su hijo sobre el regazo. Dígame todo lo que se le venga a la cabeza, le dijo el psicoanalista, y nada vino, simplemente vacuidad. Luego llegó la culpa por no haber muerto junto a ellos y por extrañar más al niño que a su esposo. Todo pasa y esto también va a pasar, le aseguró el tanatólogo, pero no pasó. Se instaló en ella como compañía silente. Un abrazo helado que al tiempo que la contiene le recuerda su pérdida. Quiso ser otra persona y se alejó de todos. Volvió al trabajo antes de tiempo y suplía a cada compañero que lo necesitara. Dormía poco y bebía mucho. Pasaba la mayor parte del tiempo en vuelos, suspendida en el aire por el milagro de la aerodinámica. Había algo en la sensación de no pisar el suelo que la hacía olvidar su tragedia. Algo en asomarse por la ventanilla de la salida de emergencia y ver el ala del avión atravesando las nubes, que le hacía creer que todo había quedado atrás, allá abajo, a treinta mil pies de distancia. Había algo en estar rodeada de gente con el alejamiento necesario, que le procuraba compañía. De tanto en tanto encontraba otro cascajo humano y surgía la necesidad de acercarse. A veces era un hombre, a veces una mujer. Reconocía la mirada, esa forma de mover las manos y cambiar constantemente de posición, la incapacidad de estar consigo mismo. Reconocía el deseo de salir corriendo de sí hacía cualquier otro cuerpo que no fuese el propio, y entonces una emoción cálida la invadía, un deseo de aproximarse para compartir una merienda, un café o, inclusive, la cama.

Gabrielle conduce a Takumi a la planta alta de su casa, de subida a la recámara principal pasan por la recámara de un niño. Gabrielle le quita el equipaje de mano a Takumi, y lo coloca sobre el sillón al lado de la ventana. Le acaricia la mejilla sin poros abiertos ni vello naciente. Es la piel de un niño. Suave y lisa. ¿Cuántos años tendría su hijo si viviera? Veintitrés. Seguro estaría a punto de salir de la universidad, aunque hubiera preferido ser un *crack* del futbol como Zidane. Gabrielle recuerda el póster del Real Madrid de su hijo que aún conserva. También la culpa que le daba al niño querer que ganara el Real Madrid en vez del Olympique de Lyon en la Champions. Gabrielle sonríe ante el recuerdo y besa a Takumi en la mejilla. Él recarga su cabeza en el hombro de ella, y lo dirige a la cama para recostarlo. Gabrielle se deja caer al lado de Takumi. Miran al techo tomados de la mano.

—¿Quién? —pregunta Gabrielle.

—Mi hermana.

—¿Falleció?

—Aún no, pero algo me dice que va a hacerlo.

—Lo siento.

—Vi la recámara de un niño.

—Belmont.

—¿Cuántos años tenía?

—Nueve.

—¿Hace cuánto?

—Casi catorce años.

—¿Tienes un cigarro?

Gabrielle se extiende hacia el buró de la cama. Abre el cajón. Toma la cajetilla de Gauloises y un encendedor plateado. Jala dos cigarros que prende al mismo tiempo. Le ofrece uno a Takumi.

—¿Quién te enseñó a fumar? —pregunta Gabrielle.

—Mi hermana mayor —responde mientras hace una dona de humo.

—¿Y ella también te enseñó a hacer donas?

—Sí, las hacía perfectas.

¿Las hacía o las hace? Takumi se da cuenta de que habló de Kokoro en pasado. Deja el cigarro a la mitad sobre el buró y se cubre los ojos con una mano. No quiere que lo vea llorar. Gabrielle coloca su cigarro en el cenicero y se gira en posición fetal hacia él. Pasa el brazo por encima del pecho de Takumi, y lo hace acomodarse en la misma posición de espaldas a ella, como cucharas.

—Trata de dormir —dice Gabrielle.

—No puedo perder el vuelo.

—No lo harás, pongo el despertador con tiempo suficiente.

Gabrielle peina el cabello de Takumi con los dedos. Hace mechones macizos hacia atrás y con su mano abre surcos que ahuyentan los pensamientos tristes. Ambos caen vencidos por el cansancio.

La alarma del reloj suena. Takumi despierta desorientado. Según él durmió unos minutos, pero han pasado horas. Tuve una pesadilla, se dice, una pesadilla en la que a Kokoro le había pasado algo horrible. Takumi cree que sigue en su departamento en Vladivostok, a unos metros de la señora Volochkóva. Tras segundos de aturdimiento recuerda que está en Roissy, al lado de Gabrielle, que lo ocurrido a su hermana no fue un sueño y que debe volver al aeropuerto para tomar el vuelo a la Ciudad de México.

La sobrecargo no escuchó la alarma del despertador, y sigue durmiendo. Takumi la observa mientras le acomoda un rizo del cabello que le cubre la cara, la mira con afecto por segundos. Takumi busca en su *backpack* una libreta y una pluma. Escribe una nota que deja en el buró pisada por el cenicero.

Gracias, amiga inesperada, amiga de la amistad que no se busca, amiga de la amistad que no se nombra, amiga de la amistad que sólo acontece.

El menor de los Kobayashi recoge su equipaje y sale de la casa sin hacer ruido. Takumi y Gabrielle nunca volverán a verse.

Se recordarán uno al otro a menudo, para después desvanecerse en la bruma. Takumi cierra la puerta con cuidado. Piensa en Gabrielle y su hijo, Belmont. Qué doloroso debe ser para una madre perder un hijo, se dice Takumi. A continuación viene la frase que leyó en algún sitio que no recuerda por ahora, la voz de la muerte incesante y monótona constituye la música fundamental de la vida.

La taiga siberiana. Otoño, 1974

Yoshikawa descansa en su remolque. Las bajas temperaturas han debilitado su cuerpo. Tiene las piernas engarrotadas por el frío, y cree que se le van a congelar. Cierra los ojos, pero no duerme, se concentra en el ritmo de su respiración. El telón de los párpados descendido le brinda algo de sosiego. El maestro siente desbordar el agujero de sus noches, ese mundo líquido y oscuro que atenaza su cordura. Abre los ojos y pone atención en un mueble de metal, en los puntos que carcomen la superficie del remolque. Son burbujas de óxido reventadas como lepra. La mente del maestro empieza a divagar.

Hoy no ha sido buen día para Yoshikawa, el útero de su imaginación fue sometido por el caos. Se distrae y contradice sus propias órdenes, sin aceptar que lo ha hecho. La tensión entre maestro y protagonista se agrava a cada toma. Le ha pedido repetir cuarenta veces la misma escena sin tener claro qué es lo que no le convence de él. Nada de lo que hago le gusta, le gritó Grigorii Sokúrov antes de azotar la puerta de su remolque. En esos momentos Yoshikawa echa de menos la aparición de Natsuki. ¿Por qué Natsuki ahora? ¿Por qué después de tantos años?, se pregunta, al mismo tiempo que se imagina con ella tomados de la mano en casa de los Matsudaira o leyendo bajo la copa de un árbol.

En aquellos días el joven Yoshikawa hacía planes para los dos. Él y Natsuki se casarían y vivirían juntos en Kioto, ambos estudiarían y trabajarían para poder cumplir su sueño de independencia. Si Natsuki lo viera ahora. Si viera en lo que se ha convertido, lo que ha logrado; el respeto de sus pares, el éxito económico y el amor sincero de algunas mujeres. ¿Estaría orgullosa de mí?, se pregunta el maestro.

Los padres de Yoshikawa, Heigo y Namiko, tampoco llegaron a conocer al hombre en quien se convirtió su hijo. Había algo amargo en ello. Hubiera querido decirles que él tuvo razón, y que sí le sirvió estudiar en esa universidad que, a decir de su padre, volvía comunistas a los jóvenes. Heigo aceptó de mala gana que estudiara ahí por el suicidio de Toshirō. Pensó que, de no hacerlo, el joven Yoshikawa moriría de tristeza. Y era cierto, sólo el deseo de ser director de cine lo mantuvo a flote, suspendido entre este mundo y el otro, el líquido.

Heigo le puso al maestro como condición visitar a su familia una vez al mes. Al principio fue sencillo cumplir. La ilusión de ver a Natsuki era motivo suficiente para viajar. Después de pasar días en Tokio pegado a su novia, Yoshikawa volvía a la universidad con la añoranza de ella en las manos; suspirando por regresar a su cuerpo tibio, tendido sobre el césped del estanque y la falda subida hasta la cintura. Con el tiempo, las partidas a Kioto se hicieron difíciles. Natsuki ya no le pedía al joven maestro que se quedara, y parecía que le daba igual si volvía o no. Según los señores Matsudaira, Yoshikawa era lo único que provocaba un brillo en los ojos de su hija, de modo que fueron permisivos y dejó de importarles lo que hacían en el estanque durante largo rato. Celebraban el renovado interés de Natsuki por la vida, cada que Yoshikawa la visitaba. Y así fue al principio, hasta que tiempo después pareció aburrirse.

Natsuki se ensimismaba cada vez más. A fuerza de responder con acciones ya no hablaba con nadie. El día está lindo para tomar el sol, entonces Natsuki salía a tirarse en el césped; parece que en tu cama hubo una pelea de perros, en ese momento regresaba a tender las cobijas; te conseguí la novela de ese escritor ruso que te gusta tanto, acto seguido, Natsuki se echaba al sofá a pasar página tras página como quien hojea una libreta en blanco. El matrimonio Matsudaira desahogaba su preocupación con los padres de Yoshikawa, así sabían, sin ser irrespetuosos, cuándo volvería su hijo de Kioto a ver a Natsuki.

El joven Yoshikawa intentó emocionar a su novia con el listado de cosas que harían juntos. Ven a estudiar a Kioto, le dijo. ¿Te imaginas a los dos viviendo solos? Pero Natsuki no respondía. Caminaba al lado de él como si estuviera en trance.

Qué brillante la memoria de Yoshikawa cuando se trata de anécdotas remotas y de personas desaparecidas. Últimamente su memoria inmediata lo traiciona. En la cotidianidad no logra discernir si el cuerpo que yace a su lado es el de *Bijo* o el de la señorita Hikari; si las llaves del coche las ha puesto en su lugar o dejado pegadas; si la junta de producción empezaba a las nueve o a las diez de la mañana. Olvidos hechos costumbre debido a la simultaneidad del tiempo, a la historia de su duelo, al duelo de su historia; a causa del pasado y futuro haciéndose presente a cada instante. Fantasmagorías de un mundo ido como la burbuja de óxido con la que Yoshikawa intenta calmar su enojo en este momento.

Ilia, el asistente personal del maestro, duda si tocar a la puerta del remolque. La filmación lleva horas de retraso y los actores están cansados de esperar. ¿Se habrá dormido?, se pregunta, sin atreverse a molestarlo. En pocas horas, trabajar con el *tennō* pasa de ser un honor a ser un calvario.

Vladivostok. Invierno, 1938

Ekaterina vuelve a prisión. Se sorprende al ver un grupo de soldados reunido afuera de su celda. Quienes la escoltan abren paso para que pueda entrar. Durante el recorrido alguien le escupe a la cara. Ella se limpia sin mostrar emoción y sigue su camino. Dos pasos atrás de Ekaterina entran dos soldados y Dmitrii, quien cierra tras de sí con llave. Más soldados llegan y se arremolinan afuera. Se empujan para presenciar la ejecución que será allí mismo, en la celda. Adentro, el soldado más joven da a Ekaterina cinco minutos para que se prepare, y le pregunta si quiere que entre el sacerdote. Hasta ese momento Ekaterina descubre al clérigo perdido entre los soldados.

—¿Quieres confesarte, hija mía?

Ekaterina niega con la cabeza.

—Que Dios te guarde y te dé consuelo, aún estás a tiempo de pedir perdón y de perdonar —dice el padre.

Ella guarda silencio. No necesita el perdón y tampoco está dispuesta a perdonar, hay cosas que son imperdonables. Todo lo que tenía que decir antes de morir lo ha escrito por la mañana en la media hoja de papel que le quedaba. Ekaterina toma lo que resta de los cinco minutos para recogerse el cabello. Levanta el abrigo de Dmitrii hecho bola en el catre y lo dobla bien, para que no se siga arrugando. Mira a su alrededor. He terminado, dice. Para el soldado más joven fueron menos de cinco minutos, pero no insiste.

El soldado más joven se llama Oleg y será el verdugo de Ekaterina. Delegar las ejecuciones a quienes recién ingresan al servicio militar es una manera rápida de minar su compasión y empatía, de que empiecen a ver a los otros como un costal de piel y vísceras; un algo y no alguien. No como padres, madres, hermanos, amigos o amantes, como ellos; si acaso, como objetos animados y amenazadores. Algo que si bien tiene ojos no tiene mirada y que, si bien tiene rostro, no es uno que impida que lo maten.

Oleg es decidido. A sus dieciocho años ha olvidado la ternura inculcada por su madre. Apenas recuerda cuando hallaron a un perro hambriento y herido en la nieve y que, aun siendo tan pobres, no quisieron abandonarlo allí. Olvidó el amor y el tesón con el cual su madre y él lo cuidaron hasta que se puso de pie. La alegría al verlo corretear y jugar una vez que estaba bien. Los momentos en que su madre lo sorprendió durmiendo con el perro en la cama, sin pedirle permiso, y la forma alcahueta en la que ella fingía no darse cuenta. ¿Cómo alguien pudo haberle disparado a un ser indefenso?, preguntó Oleg niño con seriedad. Su madre no supo qué respuesta darle, y Oleg lloró, se dolió por la injusticia y el sufrimiento. Pero hoy está en la celda de Ekaterina decidido y firme a cumplir sus órdenes. En qué parte del camino quedó rezagado el pequeño Oleg, el de la mirada curiosa y dulce, el que se abrazaba al regazo de su madre y le decía que la quería hasta el cielo, el que estudiaría medicina para curar a otros niños. En qué tramo del camino se perdió el pequeño Oleg, y dio paso a este joven de semblante duro y puño firme.

Oleg pregunta a Ekaterina cómo prefiere ser ejecutada. ¿De frente o de espaldas? De frente, responde ella. Bien, póngase contra la pared, ordena Oleg. Ekaterina se dirige al fondo de la celda y se recarga sobre su espalda, debajo del pequeño vano que usaba de escape. Dmitrii se para justo detrás del verdugo y de cara a ella. Sus miradas son un puente que no se rompe de ningún lado del anclaje, que estrecha la distancia y mitiga la garra del mundo. Oleg prepara su arma. La coloca a unos centímetros de la sien de Ekaterina. Ella esboza una última sonrisa a Dmitrii. El gesto se apaga en el momento en que el percutor empuja el cartucho por el cañón.

Dmitrii pide permiso a su superior para ausentarse un par de días. Quiere tomarse tiempo para estar con su familia, y traspapelar en los anales de su memoria la figura de Ekaterina cayendo sin vida al suelo. Estuvo año y medio encerrada pero su juicio y ejecución duraron diez minutos. El guardia atraviesa el pasillo sin despedirse. Si Ekaterina escuchara sus pasos ahora, sin apisonar con fuerza el tacón, sabría que ese día no se siente orgulloso del uniforme. ¿Podría dejar de ser un soldado?

Dmitrii se interna por callejuelas de Vladivostok. Mientras camina, las cosas livianas que no atraían su atención adquieren un peso no percibido antes, y cada acto ordinario toma la importancia de una proeza histórica. Los viejos empinados a sus vasos de licor alrededor del fuego, el ir y venir de los obreros, los suaves ronquidos de su esposa mientras ella lo abraza, la pata de la mesa con la que siempre tropieza cuando se levanta al baño de madrugada, su perro moviendo la cola cada que regresa del trabajo, la desobediencia de sus hijos pese a los regaños, la alacena de la cocina con abasto suficiente de comida, la puerta de la casa atascada por los montículos de nieve.

Avión. Invierno, 2019

El avión de Takumi aterrizará pronto en Ciudad de México. No ha podido dormir ni leer. Encendió la lámpara de lectura que alumbra la misma página desde hace rato. Su mente no está ahí, en el avión, sino en el hospital al lado de Sachiko, Haruna y Misaki, acordando la logística para cuidar a Kokoro. Discuten cosas como qué días le toca a quién dormir en el hospital y los relevos cada que uno tenga que ir a comer, bañarse y cambiarse de ropa. Entre los cuatro también se turnarían el lugar del más fuerte, el de quien dice con entereza que todo saldrá bien, que Kokoro es fuerte y se va a recuperar; sitio que se ocupa para permitir que los demás también tengan oportunidad de dejarse caer.

Takumi apaga la lámpara de lectura. Intenta descansar pero no puede. Sus pensamientos se interponen unos contra otros en un flujo imparable y agotador. Fantasea con un extraño que lanza una pelota de tenis dentro del avión. ¿La velocidad de la pelota es la que atraviesa el pasillo o es ésa sumada a la velocidad del avión?, inquiere Takumi. ¿Cuál de las ocurrencias tiene que ver con la teoría de la relatividad clásica o de Galileo?

Al final, aunque no tiene mucho que ver con la física, Takumi concluye que lo que es una tragedia para sí no significa nada para los demás. A lo mucho un atisbo de empatía que se esfuma a la velocidad del avión, ya que todo depende de la distancia y el punto de referencia del observador o, en este caso, del doliente.

Takumi se levanta del lugar para estirar las piernas. Va al baño. Afuera están reunidos los sobrecargos, una mujer y un hombre. No lo voltean a ver. Takumi echa de menos a Gabrielle y su mirada dulce, aunque triste. Takumi entra y se sienta sobre la tapa del excusado. Necesita un rato a solas para dar rienda suelta al dolor sin atraer la curiosidad de nadie. Minutos después tocan a la puerta del baño.

—Ya vamos a aterrizar —dice una voz masculina.

—Ya voy —dice Takumi.

El menor de los Yoshikawa se coloca frente al espejo. Se moja la cara. No es el mismo de hace unos días. Hay algo distinto, de cierta forma ha envejecido. De vuelta a su lugar, reanudan los pensamientos absurdos e inconexos, y entre éstos, el cuerpo de su hermana tirado en una barranca del Estado de México.

Takumi es vencido por el cansancio. Sueña que desprende de sí su propia cabeza. La desenrosca como se hace con un tornillo y la coloca en el asiento de al lado. Necesita enfriarse, se dice en el sueño. La cabeza mira al cuerpo mutilado y, quién sabe cómo, el cuerpo mutilado puede ver a la cabeza. Mantienen un diálogo en una lengua incomprensible. El avión empieza a descender. Las voces de la cabeza y el cuerpo dentro del sueño se mezclan con la del piloto que anuncia que está próximo el aterrizaje. Las luces de la ciudad hacen de las montañas un manto bordado con pedrería. Debajo del avión aparece una masa de concreto con un pequeño centro verde que es el Bosque de Chapultepec. En pocos minutos Takumi estará en tierra. La sensación de caída lo despierta. Reconoce el World Trade Center, sabe que la casa de su familia está cerca de allí, basta cruzar la avenida para entrar a sus rumbos. Takumi se dice que todo saldrá bien. Su corazón late más aprisa a medida que las luces de la ciudad se acercan. Empieza a sufrir la falta de aire y un dolor agudo en el pecho. Toma el último pedazo de ansiolítico que le queda.

Las llantas del avión tocan el pavimento en un aterrizaje suave. Recorren metros y metros a vuelta de rueda en busca del lugar de aparcamiento. El avión entronca con el túnel que conecta al interior del edificio. La gente empieza a levantarse, a abrir los gabinetes y a sacar su equipaje de mano antes de que abran la puerta. Los pasajeros salen con lentitud. La fila se atora cada que alguien abre un compartimiento para sacar sus pertenencias. El avión se vacía en unos minutos. Takumi se queda sentado. No tiene el mismo apuro por llegar. El azafato se acerca a él.

—¿Está usted bien? —le pregunta mientras lo escudriña con sospecha.

—Sí, gracias —dice Takumi al levantarse.

Takumi abre el guarda equipajes para sacar los paquetes de regalos que trae para su familia. Atraviesa el pasillo sin otra presencia que la de la tripulación.

La taiga siberiana. Otoño, 1974

Yoshikawa indica a Grigorii Sokúrov el punto exacto donde quiere que se ponga. Para el actor no es ningún punto exacto, sino el décimo lugar donde el maestro le pide que se pare. Diez lugares precisos o exactos que terminaron siendo equívocos, porque hay un árbol que rompe la composición, o una elevación de yerba que distrae la atención de las expresivas manos del actor, o un paraje yermo a la lontananza que arruina la imagen generosa que quiere transmitir del bosque. Yoshikawa aleja al fotógrafo de un manotazo, y se mueve cojeando cámara en mano. Se asoma por el ojo de la cámara sin mover un músculo. Tiene el rostro de piedra y la boca abierta ante su propia Medusa que es la imaginación. Por fin descubre tras el cristal el universo tal y cómo lo había fantaseado.

—Es aquí —dice entusiasmado al fotógrafo.

Las noches son más largas en la taiga y el clima es inflexible. El viento siberiano traspasa la vestimenta invernal y horada hasta los huesos. Ni siquiera el equipo ruso ha trabajado en condiciones tan extremas. Algunos técnicos están al borde del colapso, cansados de la indecisión del maestro, pero ninguno se queja, sólo resoplan al tiempo que tuercen la boca o entornan los ojos sin ser vistos por el *tennō*. Al final doblegan su voluntad porque confían en él. Más allá del mito, más allá de los relatos sobre sus arranques de cólera, es inspirador trabajar con ese hombre mayor que anda de un lado a otro sin quejarse.

Yoshikawa corta a otro receso porque no aguanta el dolor de la pierna. Ilia le ayuda a subir a su remolque.

—¿Se siente mal, maestro?

—Esta pierna no deja de molestarme.

—¿Quiere cortar hasta mañana?

—Sólo si quisiera que Oléntiev me corte la cabeza.

—Es el clima, maestro, necesita entrar en calor.

—Sí, muchacho, me calentaré un rato. Si no he salido en una hora, toca con todas tus fuerzas hasta que te abra.

El maestro Yoshikawa cae exhausto. Su cansancio es anterior a la filmación en la taiga, a sus días al lado de *Bijo*, a sus inicios como asistente de dirección del maestro Takahashi en los estudios Tōhō. Y no es precisamente cansancio, es más bien una herida antigua que viene de su juventud y se presenta en forma de fatiga. Tiene que ver con los amores perdidos.

Eran días de asueto en la universidad, y el joven Yoshikawa preparaba maletas para pasar varios días con su familia y Natsuki. Sería la última vez que estaría con ella. De haberlo sabido se hubiera quedado más tiempo en Tokio y hubiera hecho hasta lo imposible para enamorarla otra vez de la vida, de la humanidad. Pero no se dio cuenta del estado de ánimo de su novia porque su estancia no fue diferente a otras. Ella y él caminaron como siempre hacia el estanque donde cumplieron, igual que quien sigue una receta de cocina, las mismas caricias.

Con el noviazgo de Natsuki y el joven maestro, el matrimonio Matsudaira dejó de preocuparse por su hija. Su miedo a dejarla sola había quedado atrás. Uno al otro se mentían acerca del nuevo brillo en los ojos o la forma en la que ahora se aferraba a la vida. Nadie se percató de que Natsuki más que amar a Yoshikawa quería ser él. Tomar su lugar para hablar con la misma emoción, y despertar por las mañanas como si hubiese dormido sobre una cama de clavos, que la expulsaba del lecho apenas abría los ojos. Ser el joven Yoshikawa para sentir esa curiosidad de saber, aprender, conocer, viajar, amar, para ser invadida por ese hálito que lo hacía alguien vivo y en combustión constante.

Natsuki en cambio no sentía nada. Ni ella misma entendía su falta de apego a los afectos, su desasosiego ante la vida, su desilusión; sólo sabía que el mundo era demasiado cruel y triste para seguir en él. A veces decía ser una piedra lisa, sin porosidad, que repelía cualquier humedad por agradable que fuera. La única emoción que afloraba de repente era la de una tristeza extrema. Su vida pendía con debilidad de la conexión que tenía con Yoshikawa, de pensar que ella hubiera podido ser él, e irse lejos para desaparecer de la vista de todos, hasta de la del propio maestro.

Una tarde de verano la madre de Natsuki espió a la pareja cuando estaban en el estanque. El joven Yoshikawa tenía la cara metida entre las piernas de su novia. La señora Matsudaira imaginó a su hija con los ojos cerrados, apretando los párpados y mordiendo el labio inferior, mientras movía suavemente las caderas. La primera reacción de la madre fue enojo. Quería ir al estanque para reprender a su hija por ofender el honor de la familia e insultar al joven por aprovecharse de la inocencia de Natsuki. Pero se quedó allí, espiando de lejos, agradecida con el muchacho por mantener el deseo vivo en Natsuki. Si la señora Matsudaira se hubiera acercado más, habría visto la expresión impasible y carente de excitación de su hija.

En una sencilla ceremonia familiar el joven Yoshikawa habló con los padres de Natsuki sobre sus intenciones de matrimonio. Apenas termine este periodo en Kioto celebraremos la boda, dijo. La felicidad inundó a cada miembro de los Matsudaira. Por fin se quitarían de encima el lastre que era el silencio de Natsuki. La familia brindó con sake, tan absortos en su felicidad, que nadie notó la indiferencia de ella ni su aislamiento, o su mirada atenta a los objetos de la casa por encima de a las personas.

El joven maestro estaba en Kioto cuando recibió una carta de Heigo *sensei*. Natsuki ha muerto, escribió sin emoción, la señora Matsudaira la halló colgada dentro de su armario. Yoshikawa no fue a las exequias ni volvió a casa de sus padres. Los primeros días le gustaba pensar que su novia seguía esperándolo en Tokio. La imaginó parada sobre un pie hasta ver cuánto tiempo mantenía el equilibrio, abrazada de su gata, concentrada en la lectura, recostada en el pasto. Pronto las mentiras que Yoshikawa se decía se evaporaron, y pensó en el cuerpo de Natsuki metido en una caja compacta con una pequeña ventana empañada por su respiración. Si se sentía muerta en vida quizá se sienta viva muerta.

Mi novia dejó de existir y el mundo seguirá aquí —se dijo el joven maestro. Y sí, el mundo continúa aquí, indiferente, azul, hermoso, absurdo, trágico, alegre, lúgubre, festivo, cubierto de grandes extensiones de agua que, a cada tanto, nos distraen de nuestra finitud; pero todo muere, y también lo harán los océanos.

Vladivostok. Invierno, 1938

Dmitrii camina apesadumbrado colina abajo por las calles de Vladivostok. Distraído. Ni siquiera se ha dado cuenta de que tirita de frío. No lleva puesto el sobretodo encima del abrigo militar. Lo carga apretado contra sí en un abrazo involuntario, aferrado a éste como si quisiera seguir cerca de Ekaterina. Dmitrii resiente las bocanadas del invierno que lo devuelven de su río de pensamientos. Se pone el sobretodo encima del abrigo, y recuerda que dejó los guantes en un cajón del escritorio. Pero no quiere volver a las mazmorras, no por ahora, el recuerdo está muy fresco, y no quiere enfrentar la celda vacía. Dmitrii exhala vaho tibio en sus manos para calentarlas antes de meterlas a los bolsillos del sobretodo; al hacerlo, encuentra el papel a medio doblar en el que escribió Ekaterina por la mañana.

Dmitrii, antes de que la muerte tome mi mano y de que tus ojos se humedezcan por mi ausencia. Antes de que tu pecho te duela por la amistad perdida. Antes de que tu voz me nombre con idealismo o nostalgia. Antes de que mi alma se desvanezca y de que la tierra trague mi cuerpo para yacer al lado de mis hermanos y hermanas, te digo gracias. Y te doy la bienvenida a esta corta vida, mi vida. Y te digo bienvenido a este afecto, mi afecto; bienvenido a este afecto, tu casa, amigo mío. Amigo inesperado, amigo de la amistad que no se busca, amigo de la amistad que no se nombra, amigo de la amistad que sólo acontece.

Dmitrii dobla la media hoja de papel para guardarla nuevamente. De regreso a su familia un viento proveniente del Lejano Oriente entumece su cara. Queda poco tiempo de sol, y los filamentos débiles salpican los techos de las casas. A lo lejos unas ancianas fuman mientras escuchan una melodía alegre que les recuerda algo de su juventud. Dmitrii camina hasta ellas y les pide un cigarro. A unos pasos de allí los niños pequeños trastabillan por los desniveles de nieve, mientras los más grandes hacen bolas que se arrojan entre ellos. A la orilla de una acera el hielo se deshace y revuelve con el lodo, por lo cual las mujeres levantan sus faldas para salvaguardarlas de la suciedad de la calle. Dmitrii ve todo aquello y escucha a las ancianas hablar de un pasado que aparentemente fue mejor.

A lo lejos el sol termina de ocultarse.

Tokio. Otoño, 1976

Yoshikawa duerme de espaldas a Hikari. Pasan de las ocho de la mañana, pero ella no quiere despertarlo, prefiere aprehender de memoria las facciones del maestro. Dormido, más frágil aún. Para ella no es ningún emperador a quien temer. Descubrió al hombre detrás del *tennō*. Hikari conoce partes de él que ni el mismo maestro conoce. Hay un velo consciente que nos salvaguarda de los demás y otros inesperados que se colocan sin nuestra anuencia. Mientras la señorita acaricia a Yoshikawa con el aliento, recuerda cuánto esfuerzo le costaba quitarse de encima a los imberbes de su edad, para salir a su encuentro, aunque fuese a trabajar horas extras, a darle sus fines de semana revisando y editando cualquier texto. Nada le importaba más a Hikari que estar cerca de él. Y ahora que duerme acurrucado bajo la silueta de ella, con la pierna izquierda protegida con una almohada, siente más ternura que deseo.

La señorita cubre la pierna del maestro con la frazada de borrego. Durante la filmación su pierna sufrió un principio de congelamiento. Las marchas forzadas sin hacer caso del dolor le provocaron el daño. Nunca se recuperará, y la extremidad le dolerá aún más en invierno. Tiene suerte de que no se la amputemos, le dijo el médico. Hikari delinea con la yema de los dedos cada facción de Yoshikawa. Ha subido de peso. El contorno de la cara aumentó, y un par de pliegues de piel se han pronunciado bajo el mentón, son flácidos, llenos de cicatrices que ya ni recuerda cómo se hizo. Pese a la carnosidad que cuelga todavía resalta la barba partida. Sus ojos cerrados son dos lunas en cuarto menguante que se mueven con rapidez. Sueña. Eso significa el movimiento ocular. Hikari acaricia el cabello delgado del maestro, y piensa que si no estuviera completamente cano podría ser el de un niño.

A Yoshikawa le gusta soñar con su hermano. Es el tiempo y espacio que se da para abrazarlo todas las veces que su muerte prematura se lo impidió. Alguna gente no está hecha para la vida, se dice cada que recuerda a Toshirō. Hikari cabecea vencida por la somnolencia, y se recuesta en posición fetal detrás del maestro. Lo abraza. En duermevela, Yoshikawa percibe la presencia de la señorita, y se gira para quedar frente a frente y con la respiración de ambos confundida en una sola.

El maestro Yoshikawa filmará cinco películas más, tres de ellas serán consideradas una obra maestra, de todas, *El nómada* será a la que guarde mayor afecto. Le gusta pensar que la hospitalidad entre Nikoláyev y Aktanka había sido derramada hasta él, y que, aun siendo un extraño para ellos, viviendo en otro país y en otro tiempo, lo salvaron. Yoshikawa dedicará *El nómada* a Oléntiev de forma que sólo un soviético sobreviviente de las purgas podría entender: a Oléntiev Panchenko, amigo inesperado, bienvenido a este afecto tu casa.

Akimitsu Yoshikawa recibirá premio tras premio a los que no les prestará atención salvo por su carácter ornamental. Se aislará con la misión de hacer películas y disfrutar de la vida con su amor, la señorita Hikari. Ella se encargará de organizar comidas y cenas para que los amigos no olviden al maestro, para que el maestro no quede varado en el mundo de los muertos.

En 1997 Yoshikawa morirá en su mansión de Tokio mientras duerme. Hikari estará lavándose la cara antes de bajar a poner el café. Creerá ver reflejado en el espejo del baño la grulla de cresta roja y aleteo pesado y lento, que ahora está yerta sin desplegar las alas. Olvidará la visión como lo hizo la primera vez. Más tarde entrará a la recámara con dos tazas humeantes sobre una charola. Recorrerá las pesadas cortinas del ventanal mientras agradece por un nuevo día. Pero esa mañana Yoshikawa no abrirá los ojos como suele hacerlo, refunfuñando apenas percibe la luz del sol en la cara. En esta ocasión no despertará. Hikari lo moverá de un lado a otro; primero lo hará con gentileza y luego con violencia. Al darse cuenta de que el maestro ha muerto gritará por toda la casa, hasta caer rendida por su propio llanto. Cuando se tranquilice, llamará a la señora Yoshikawa, quien correrá a su encuentro. Una y otra se abrazarán mientras se duelen por la muerte del *tennō*. Dirán cosas buenas de él, que fue un buen amigo, aunque también el niño tozudo que jamás creció pese a la peregrinación de años sobre él.

La señorita Hikari y *Bijo*, la primera señora Yoshikawa, se turnarán para cumplir la lista de pendientes. Ordenar las exequias, avisar a los amigos cercanos, a los hijos y a los nietos.

Encargar las esquelas a los periódicos más importantes. El cuerpo del maestro será cremado, y sus cenizas esparcidas bajo un árbol de cerezo en plena floración, tal como fue su voluntad. Pero mejor ni seguir hablando de eso, todavía falta mucho, por ahora el maestro Yoshikawa duerme, y la señorita lo besa en la comisura de la boca antes de quedarse completamente dormida. El maestro percibe el roce de los labios pese a estar lejos, en un sueño, dentro de *La gran ola* de Hokusai, donde intenta mantener el equilibrio trepado a la cresta más alta.

Yoshikawa se balancea en la barca de un lado a otro para no caer al remolino de agua. Desde la altura, y sin perder el sentimiento de urgencia, reconoce afuera del cuadro de Hokusai a la señorita Hikari en pleno ajetreo. Escribiendo su primera novela a toda velocidad en la máquina de escribir, sin percatarse de lo que sucede dentro de la pintura. La ola que monta Yoshikawa crece más. Se alza por encima de las demás barcazas que emergen del agua vacías de gente. Sólo el maestro queda invicto, y sigue danzando para hacer contrapeso. Ya no lo logra. Cae hacia la profundidad del mundo líquido. El maestro teme morir lejos de todos y quedar olvidado en el fondo del mar, allí donde la luz ya no llega, allí donde quedaron Natsuki y Toshirō. Yoshikawa nada hacia la superficie, pero entre más nada, más se aleja la superficie. Vencido por el cansancio decide no luchar, y dejarse arrastrar por la corriente hasta el fondo, allí donde habita la fauna abisal. Entonces el maestro descubre que, a diferencia de Toshirō, respira bajo el agua, y entiende que puede vivir en ambos mundos sin ser devorado por ninguno de los dos, como lo fue su hermano; éste, el mundo que pisamos, y el otro, el líquido, el mundo imaginado.

Yoshikawa despertará con la sensación de haber soñado algo sublime y significativo, mas no lo recordará. Lo único que verá en los entretelones del inconsciente es la boca de la señorita Hikari exhalando vaho sobre el cristal de la pintura de Hokusai, antes de pasar un paño seco con el afán de dejar el cristal pulcro y traslúcido.

Ciudad de México. Invierno, 2019

Los pasajeros se amontonan alrededor del carrusel nueve de vuelos internacionales. La banda vacía avanza con lentitud. Takumi abre paso entre la gente hasta llegar a la orilla de la banda. Las maletas llegan poco a poco como promesas cumplidas. Primero una enorme aprisionada en plástico, luego otras más pequeñas de material duro y rígido y atrás algunas que llaman la atención por el logo de la marca.

Takumi descubre su maleta, se inclina para levantarla, y al momento que toma la manija alguien más la agarra. Es un muchacho de la edad de Takumi. Sin entender qué sucede los dos tiran de la maleta. Un equipaje más, idéntico al anterior, es lanzado por el mecanismo en movimiento. Takumi y el muchacho sonríen por el equívoco en tanto revisan la identificación que cuelga de la manija. No, ésta no es la mía, dice Takumi, se disculpa y vuelve a poner atención a la banda. Takumi toma su maleta, la pone en el piso y quita el modo vuelo al celular, mira la hora, son las once treinta; antes de volver a guardarlo en el pantalón suena una cascada de mensajes. Algunas notas de voz son de Misaki y otras de Haruna. Takumi no quiere abrirlos.

Sus hermanas sabían la hora de llegada. ¿Por qué la insistencia si sabían que no había aterrizado? Takumi se sostiene de la pared. Una vez que aparecen los ataques de pánico no se van solos, recuerda que le dijo el doctor Kótov.

—¿Viene acompañado? —le pregunta alguien de seguridad.

—No.

—¿Quiere que llame a alguien?

—Gracias, en un momento pasa.

—No se ve bien.

—Me tomé una pastilla en el avión.

—¿Padece alguna enfermedad?

—No me gusta volar.

—¿Quiere que lo acompañe a tomar un taxi?

—No. Estoy bien, gracias.

Takumi sale a esperar el Uber. Reconoce la placa, y arrastra su maleta hasta el coche. Sube mientras escucha uno de los mensajes de Misaki. Ya no vayas al hospital, apenas llegues al aeropuerto vente para la casa, es urgente, mi mamá se ha puesto muy mal, Kokoro acaba de fallecer.

Takumi cambia el destino en la aplicación. Un largo tramo a recorrer en silencio y a la deriva, sumido en la superficie irregular de luces rojas y blancas. Cuando llegue a casa, por fin sabrá lo sucedido a Kokoro.

La noche anterior a la que Sachiko llamó a Takumi, Kokoro había salido de fiesta con su pareja, Gisela Martínez, y el amigo inseparable de ambas, Enrique de León, un joven transgénero de uno ochenta de estatura. Bebían en un bar del Estado de México rumbo a casa de Gisela. Celebraban su nuevo trabajo de diseñadora gráfica en un laboratorio médico. La pareja se comía a besos mientras que Enrique estaba de ojo alegre con el cantinero, quien, a gusto con los coqueteos, les había invitado una ronda de copas. Ninguno de los tres se percató de que eran observados desde otra mesa por cuatro hombres. Al salir del bar para llevar a Gisela a su casa, los tipos de la cantina les cerraron el paso con una camioneta propiedad del gobierno estatal. Se identificaron como policías del Estado de México. Kokoro, Gisela y Enrique fueron obligados a bajar del coche. Los túneles sin fin de las armas largas, vacuos y sombríos como los ojos de los policías-sicarios, irrumpieron la noche de una vez y para siempre. La confusión y el intento de Enrique por dialogar fue apagado de un culatazo en la cara. Kokoro y Gisela trataron de correr, pero en pocos minutos estaban maniatadas dentro de la camioneta. Kokoro fue violada por la manada. Las fotografías de nota roja mostraban las hendiduras en sus senos y nalgas, los pedazos de piel escindidos a mordidas en otra versión perversa de ling-chi. Su cuerpo quedó tan desfigurado por los golpes, que los sicarios la dieron por muerta antes de arrojarla al barranco. Enrique fue violado con un palo de escoba y ejecutado de un balazo en la cabeza. Gisela nunca aparecería.

Takumi dice al conductor, un hombre de setenta años que escucha a Frank Pourcel, que está cansado del viaje y espera dormir durante el trayecto, que lo despierte cuando lleguen. Suena *Sonámbulo*. El conductor pregunta si quiere que quite la música. Takumi le pide que la deje. Después dobla su chamarra varias veces para usarla a modo de almohada. Se acurruca contra la ventanilla del coche. Llora y cae dormido. Es el *jet lag*, la ansiedad, las pastillas, la tristeza.

Takumi vuelve a soñar. Ahora se trata de un tornado que arrasa todo a su paso y amenaza una casa de campo. La gente corre a guarecerse a los sótanos. La mayoría alcanza a entrar, salvo una jovencita y su perro que quedan atrapados en la sala. El tornado arranca la casa de la tierra haciéndola girar a su ritmo. Takumi descubre que él está dentro de esa casa, y que la jovencita no es Dorothy, sino Kokoro, y que la casa de campo es en realidad la casa de su madre. Takumi y Kokoro tratan de acercarse uno al otro. Se mueven con dificultad hasta agarrarse de las manos. La velocidad del viento arrecia, y el remolino rota una y otra vez. Cada vuelco es un año en la vida de Kokoro, cada vuelta, un pedazo de su historia.

Los rasgos de Kokoro cambian, mas no envejece. Los años marchan hacia atrás con la rapidez que el vórtice gira. Justo ahora los hermanos Kobayashi están en el aeropuerto de la Ciudad de México. Es el día en que Takumi se fue a vivir a Vladivostok. La vida es un continuo estarse despidiendo, le dice a Kokoro antes de darle un abrazo largo y apretado.

Kokoro tiene treinta y dos años, su edad al morir, y es una mujer enamorada. Está desnuda. Tendida boca arriba en la cama con Gisela recostada sobre el vientre. Llevan meses de casadas, pero aún no viven juntas; Sachiko no acepta que su yerno sea una mujer y que Kokoro, por ser la primogénita, haya asumido el rol de patriarca.

La esposa enamorada se convierte en una mujer de rictus serio, traje oscuro y corbata. A su lado está Gisela con un vestido sencillo color perla de manga larga. Frente a las dos, un juez les habla de la importancia de formar una familia y legalizar su unión. Kokoro y Gisela se miran a los ojos mientras escuchan las palabras del juez, pueden besar a la novia. Se enredan en un beso que Enrique aplaude desde unos metros atrás.

La novia de traje oscuro y corbata se arremanga la sudadera antes de empezar a cargar escombro en un edificio derrumbado. Es 19 de septiembre de 2017. Kokoro toma un sitio en medio del cordón humano, que pasa pedazos de concreto en absoluto silencio. Ella y otras mujeres escuchan el llanto de un niño. No se retiran del lugar pese a la amenaza del segundo derrumbe. En su mente queda grabado el cuerpo sin vida cuando por fin logran sacarlo. Kokoro decide que no será madre.

La voluntaria en el sismo de 2017 se transforma en una universitaria rebelde, que viste pantalón de mezclilla, botas de minero y playera de Rage Against the Machine. Camina con los brazos abiertos, amenazando a cualquier hombre que se atreva a mirarla con deseo. ¿Qué se te perdió?, les pregunta mientras enciende un cigarro con ademán rudo.

Esa universitaria rebelde ahora cumple dieciséis años. Es callada e introvertida. Intenta relacionarse con las chicas de su edad, pero su timidez las repele antes de decir palabra. Sufre su primera desilusión con una compañera del salón de clases, que la trata con desprecio cada que intenta acercarse.

Unas vueltas más del tornado, y Kokoro tiene catorce y Takumi, ocho. Están sentados en la sala viendo *El mago de oz*. Abraza a su hermano cuando llora por algo que escucha decir al Hombre de hojalata. ¿Qué pasa?, pregunta Kokoro. No es una tetera vacía, dice Takumi, que le den un corazón.

Minutos después Kokoro cumple doce años, y de regalo pide a sus padres que la dejen donar sus faldas y vestidos porque sólo usará pantalones. No le dan permiso. Kokoro lanza su ropa hacia la calle.

El torbellino sigue haciendo girar a Kokoro y a Takumi, que ve a su hermana, aún de doce, abrir la regadera de agua caliente y quitar las sábanas que él orinó a sus seis. Kokoro pone sábanas limpias, y regresa al baño para ayudar a su hermano a bañarse y ponerse una pijama limpia.

El vórtice aprieta. A mayor aceleración llega el pasado más remoto de Kokoro, incluso aquel del cual Takumi no tiene conocimiento, de todos modos, él está presente, como si hubiese sido testigo de cada momento.

Ve a Kokoro a los seis años enfurruñada porque Sachiko le jala el cabello en una coleta de caballo. La ve trepar a un árbol del que cae rompiéndose el labio superior. Ve su llanto, su sangre y a Sachiko correr a su lado para consolarla. Ve a su hermana mayor pelear con Misaki por la rebanada de pastel más grande y jugar con Haruna a dar vueltas hasta tropezar mareadas. Ve los brazos de Kokoro formar un nido para arrullar a Takumi con seis meses de edad. Ve su mano pequeña pintar con crayones un caballo de cinco patas. Ve la primera ocasión en que intenta comer con cubiertos. Ve su rostro iluminado por las luces del árbol de Navidad. Ve sus pies trastabillar en el momento que aprende a dar sus primeros pasos. Ve sus piernas rollizas colgando de la andadera. Ve sus dedos queriendo alcanzar los juguetes de colores suspendidos sobre la carriola. Ve su cuerpo desnudo en la bañera de bebés mientras su padre la enjabona. Ve sus lágrimas antes de que Sachiko meta a Kokoro el pezón en la boca para amamantarla. Ve sus células y parásitos y bacterias. Ve su parto y su cuerpo embarrado de grasa al salir del vientre materno. Ve el feto que fue en actividad sedentaria a través de la barriga de Sachiko. La ve chuparse el dedo dentro del saco amniótico. Ve su sangre correr por las venas y sus pulmones a punto de formarse. Ve latir su corazón a ritmo apresurado. Ve el embrión, el cigoto y el semen del padre recorrer el útero de la madre. Ve el espermatozoide de Naoto fecundar el óvulo de Sachiko. Ve el segundo exacto en que Kokoro fue concebida.

Takumi escucha una voz que no proviene de ningún cuerpo, de ningún lugar.

¿Perdido en tus sueños, *Taku-chan*, mi pequeño hermano? Perdido sin ti, hermana mayor, mi *Onee-san*. Mas no eres tú quien deja hoy sus huellas en la estela de la vida. Lo sé, es la vida misma repetida tantas veces que parece un sueño. Pequeño Takumi, menor de los Kobayashi, hoy un niño ahogado por una soga de melancolía. No hay niño, *Onee-san*, sólo un hombre roto, triste, hecho cascajo. Lejos estoy de ti, *Taku-chan*. Nunca del todo, *Onee-san*. ¿A quién agradecer este cuerpo mío irrepetible que te llevó de la mano tantas veces? ¿Me enseñarás a hacer donas perfectas con el humo del cigarro? En la eternidad del tiempo se esparcirán tus huesos, tu aliento, tu carne. Tus cariños de hermana mayor.

A manera de epílogo

En 1971 el cineasta Akira Kurosawa intentó suicidarse por el fracaso de su película *Dodes'ka-den*. En 1938 Margarita Arsényeva fue acusada de pertenecer a una red de espionaje comandada por su esposo, el capitán, cartógrafo, etnógrafo, explorador y escritor Vladimir Arséniev. El juicio y ejecución duraron diez minutos. La hija de ambos, Natalia, fue arrestada en 1940 y sentenciada a quince años en el gulag. Kurosawa recobró su carrera, y la vida misma, tras adaptar al cine *Dersu Uzala*, novela escrita por el capitán Arséniev. *La banalidad de los hombres crueles* fue inspirada por estos sucesos.

Agradecimientos

Un libro se escribe a solas pero siempre en compañía. Gracias a Minoru Kobayashi por regalarme un pedazo de Japón. A Amir Khisamutdinov por compartir conmigo parte de su libro *The Russian Far East: Historical Essays*. A Verónica Flores por sus lecturas y sugerencias. A Lisa Kobayashi y Ekaterina Pervova por sus lecturas generosas. Y a David, amigo de la amistad que sólo acontece.

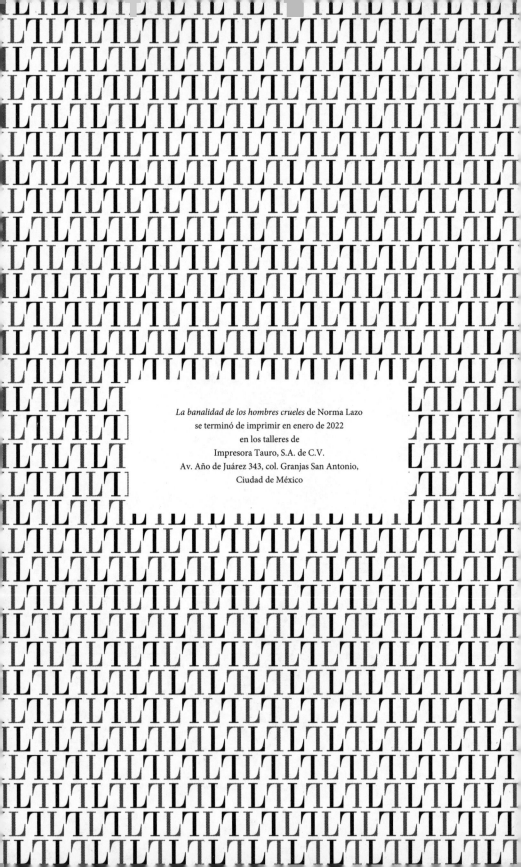

La banalidad de los hombres crueles de Norma Lazo
se terminó de imprimir en enero de 2022
en los talleres de
Impresora Tauro, S.A. de C.V.
Av. Año de Juárez 343, col. Granjas San Antonio,
Ciudad de México